新潮文庫

とるとだす

畠中 恵著

新潮社版

11208

目次

とるとだす

とるとだす

1

廻船問屋《かいせんどんや》兼薬種問屋《やくしゅ》、長崎屋《ながさきや》の主藤兵衛《あるじとうべえ》は、いつも変わらず、一人息子にとんでもなく甘い。そのことは店の界隈《かいわい》で、いや最近は江戸のあちこちでも、大いに噂《うわさ》となっていた。

今日も若だんなを連れ、上野近くの広徳寺《こうとくじ》へ行ったはいいが、藤兵衛はやはり、息子を案じ続けていた。舟に乗ったので、疲れて寝付いてしまうのではと、心配していたのだ。

ところが。

広徳寺へ着いて、少しした頃。藤兵衛が、珍しくも黙り込んで、こちらへ目を向けもしない事に、若だんなは気がついた。寛朝《かんちょう》の話を聞いている時、長崎屋の名が出て、皆が若だんなを見たのに、だ。

（おや、おとっつぁんが珍しい）

そんな親の姿が、どうにも不思議に思えて、若だんなはそっと声をかけてみた。

「おとっつぁん？」

だが、それでもこちらを向かないので戸惑うと、手代《てだい》の仁吉《にきち》が立ち上がり、藤兵衛の腕へ手を掛ける。

すると。藤兵衛の体が、ぐらりと揺れたのだ。そして止める間もなく、板間の上へ転がってしまった。一瞬、部屋内が静まり……直《す》ぐに大きな声で満ちた。

「と、藤兵衛さんっ」

「突然倒れられて……中風か？」

仁吉が急ぎ、主を上向きに寝かせ、若だんなが襟元を緩める。藤兵衛は目をつむったまま、総身を僅《わず》かに震わせていた。周りにいた薬種屋達が息を呑《の》んでいる間に、寛朝が座布団《ざぶとん》を、藤兵衛の頭の下へ敷く。仁吉がその目を指で開き、口元へ鼻を近づけた。

この時仁吉が、藤兵衛の手を握った若だんなへ、はっきりと口にした。

「若だんな、旦那《だんな》様の口から、濃い薬の匂《にお》いがします。何かを飲まれたようです」

「えっ……」

側《そば》に、幾つも置いてある湯飲みからも薬の匂いがすると、仁吉は続けた。しかし匂いが混じっており、どんなものをどれ程飲んだのか、仁吉にも見当がつかないらしい。

「旦那様が何を飲んだのか、見ていた方はおられますか？」

問うたが、誰も何も言わなかった。仁吉は眉《まゆ》を顰《ひそ》め、若だんなの目を見る。

「旦那様は、ちゃんと息をしておいでです。だが、何度呼んでも答えがありません」

そして、これではうかつに藤兵衛を動かせないと言ったのだ。

（つまり、それだけ悪いって事なんだろうか）

若だんなは両の手を握りしめると、近くに立っていた寛朝へ顔を向けた。

「寛朝様、直ぐに長崎屋へ、使いをやっていただけますか。おっかさんに事を知らせて、源信《げんしん》先生を寺へ寄こしてくれと、伝えて欲しいんです」

寛朝が頷《うなず》き、じきに寺男が直歳寮《しっすいりょう》から走り出して行く。寛朝の弟子秋英《しゅうえい》が、藤兵衛の為《ため》、別の間に布団を用意したと言ってきた。板戸が運び込まれ、そこにいた者で藤兵衛を載せ部屋を移す。

（おとっつぁん、急にどうして）

不安な気持ちが、付きそう若だんなの総身を包んでゆく。藤兵衛を寝かせた後、部屋から出て行く薬種屋の店主達が、声を潜め話しているのが分かった。

恐ろしいような心細さが、募ってきた。

2

半時ほど前のこと。

江戸は上野、不忍池《しのばずのいけ》からやや東へ行った所にある広徳寺に、若だんなは来ていた。

一万坪はあるという寺の敷地は広く、江戸の名刹《めいさつ》の一つだ。今日はその寺でも名の知れた高僧寛朝が、己のいる直歳寮に、大勢の薬種屋達を招いていた。

日本橋から京橋へと続く大通り、通町《とおりちょう》にある長崎屋も、薬種問屋を営んでいるゆえ、集まりに加わった。そして今回は藤兵衛だけでなく、薬種問屋を任されている若だんなも寺へ同道したのだ。

つまり……広徳寺には、不思議な声が響く事になった。

実は長崎屋は、怪しの者と深い縁がある店であった。長崎屋の先代の妻おぎんは、齢《よわい》三千年の妖《あやかし》であり、その血が受け継がれているからだ。

よって、若だんなに添ってきた仁吉も、袖内《そでうち》にいる小鬼達も、並の理《ことわり》から外れた者達だ。そして今日は、お菓子が不足していたのか、格式ある寺へ来たというのに、小鬼の鳴家《やなり》達が、大人しくしてくれなかった。

一行が直歳寮へ着いた後、忙しい寛朝がなかなか現れなかった上、今日は何故《なぜ》だか同業の店主達が、あれこれ話しかけてきて、若だんなは小鬼の相手が出来なかった。鳴家達は、しばらくは寝ていたが、その内それにも飽きたらしい。人の目に見えぬのを良いことに、袖から飛び出し、若だんなを慌《あわ》てさせたのだ。

「鳴家っ、駄目だよ」

若だんなは小鬼達を追いかけ、板間から出ることになった。

「一太郎《いちたろう》、どうしたんだい？」

奥で薬種屋達と話していた父が、急ぎ声をかけてきたが、若だんなには返事をする余裕もない。広徳寺に慣れている妖が、菓子を狙《ねら》っていると分かっていたからだ。

広徳寺は大層広い。それ故《ゆえ》、寛朝は大勢の客を迎える時、遠くの庫裏《くり》から運ばずに済むよう、直歳寮の端の間に、湯を沸かせる火鉢や水瓶《みずがめ》、茶菓子などを用意していた。

(妖達は、影の内に入れる。重箱に入れてあっても、お菓子を食べられてしまいそうだ)

小鬼に追いつけぬ内に、端の部屋から声が聞こえてきて、若だんなは焦《あせ》った。

「ぎょべー」

「きゅわきゅわっ、いやっ」

「鳴家、どうしたの？」

堂宇端の部屋へ駆け込んだ若だんなは、そこで慌てて口元へ手をやり、声を抑えた。鳴家と自分しかいないつもりでいたら、兄《にい》やの仁吉より少し年上に見える男が、そこに立っていたからだ。

若だんなが駆け込んで行ったからか、鳴家の軋《きし》み声が聞こえたのか。男が一瞬、身を引いたように思えた。

(うわ、鳴家の話し声、聞かれちゃったかな)

小鬼達は戸口の柱に摑《つか》まり、揃《そろ》って男を見ている。若だんなは急ぎ捕まえると、袖の内へ落とした。

「きゅべ」

そこへ、後ろから藤兵衛が現れた。

「一太郎、突然駆けだすなんて、具合が悪いのかい。今日はおとっつぁん、仁吉がお前の為に作った薬を持ってるよ。飲むか？」

心配したのか、蒼《あお》い顔で問うてきたので、若だんなは慌てて首を横に振り、水をもらいに来たのだと言い訳をする。すると、そんな問答の間に、男は二人に挨拶《あいさつ》もせず、部屋から出て行ってしまった。すれ違った藤兵衛が、一寸《ちょっと》首を傾《かし》げる。

「おや今の人、上方《かみがた》の唐薬《とうやく》問屋さんじゃないか。こんな端の部屋にいるなんて、迷ったんじゃないといいが」

先程まで、あの唐薬問屋に色々唐薬の事を教えて貰《もら》っていたと言うので、若だんなは、後で挨拶をしたいと口にする。そして、そう言いつつ、しっかり鳴家達を押さえていた。

（とにかく、騒ぎを起こさずに済んで良かった）

ところが戻ろうとして、若だんなは驚いた。同業者が大勢廊下に出て、若だんな達を待っていたのだ。

「一太郎さん、大丈夫ですか？　また風邪と胃の腑《ふ》の痛みが、ぶりかえしたのでは？」

病の噂を聞いたと、顔見知りの増田屋が言ってくる。若だんなは、ご心配をお掛けしましたと言い、板間へ戻ったが、入ると直ぐ薬種屋達に囲まれ、首を傾げる事になった。

ふと気がつき横を見ると、藤兵衛だけでなく兄やの仁吉まで、それぞれ多くの薬種屋達に話しかけられ、動きが取れないでいるのだ。

（今日は薬種屋さん達、どうしたっていうんだろう）

しかし若だんなもじき、二人を気にする余裕を無くした。寺に集まっているのは皆、薬種屋だと承知だろうに、この時増田屋が、思わぬ事を言ってきたからだ。

「若だんな、この増田屋の薬を飲みませんか。効きますよ」

突然、他家の薬を勧められ、若だんなは目を見張ったが、増田屋は言葉を止めない。

「若だんなは、実は熱と吐き気で、動けなかったと聞いてますよ。ならば増田屋の薬、明々丸《めいめいがん》を試してみるべきです」

胃の腑の痛み、悪寒《おかん》、足の痛み等々、多くに効くから是非にと、印籠《いんろう》から出してくる。

「いやその、いつも飲んでいる薬が、ありますので……」

「きゅわ、薬、美味《おい》しくないの。嫌い」

「増田屋はそりゃ長年、薬について学んでおりまして。長崎屋さんは、諸国から良い薬種を仕入れて下さってるし、お互い上手《うま》くやっていきたいですな」

すると若だんなではなく、横にいた薬種屋相馬屋が、何故だかその薬を断ったのだ。

「増田屋さん、若だんなの病は労症《ろうしょう》と目眩《めまい》、腹下しだって聞いたけどね。見立てを間違うなんて、学びが足りないいんじゃないですか？」

そして若だんなへ、飲むなら相馬屋自慢の品、百病助薬《ひゃくびょうたすけぐすり》にすべきだと言う。そして生薬《しょうやく》の目利《めき》きなら相馬屋が一番と言いつつ、薬を、白湯《さゆ》まで添え差し出してきたのだ。

「これ、百の病に効くんですよ。ええ、妙薬です。何しろ唐の国から配合が伝わったという、言い伝えがありまして」

「言い伝えがある、だけですか。相馬屋さん、確かな話じゃ無いみたいですな」

「要らぬ事を言いますね、増田屋さん」

二つの薬に挟まれ、若だんなが困っていると、更にいくつかの声が続いた。

「一太郎さんは、流行の疾病《しっぺい》じゃなかったのかい？　疱瘡《ほうそう》と麻疹《はしか》と舌腫《ぜっしゅ》と虚弱だと聞いたよ。だから必要なのは、坂上屋の万病払散《まんびょうはらいさん》だ」

「いや、磨留屋《まるや》の真通薬《しんつうやく》の方が」

「きゅべ、美味しい？」

「ええ、川下屋《かわしもや》の暁丸《あかつきがん》が一番ですよ。この薬さえ飲めば、直ぐ元気になります」

何でも治る薬に出会った事のない若だんなは、思わず苦笑を浮かべてしまう。

「ですからその、薬は持っていますので」

しかし今日の薬種屋達は皆強気で、若だんなが断っても、何故だか引いてくれない。

こうなると、若だんなはなかなか、目の前の薬を断れなかった。

(情けない。寝込みがちで、商いの付き合いが足りてないからだ)

父ならばどう断るだろうかと、その姿を探したところ、藤兵衛は相変わらず、塊になった薬種屋達の向こうにいる。若だんなは、首を傾げた。

(今日はどうして、長崎屋の者が、皆から囲まれるのかしら)

長崎屋は大店《おおだな》だが、他にも大きな薬種屋はある。知る限りではこんな風に、同業が寄ってくる事などなかった。

「きゅんい?」

だがその時、横から突然、「ごほん」と、わざとらしい咳払《せきばら》いが聞こえて、その戸惑いを飛ばした。声がした途端、若だんなの周りから、手妻《てづま》のように薬の山が消えたのだ。

咳払いの方へ目を向けた若だんなは、ほっとして笑みを浮かべる。

「寛朝様。おいででしたか」

江戸でも高名な僧は、眉間《みけん》に皺《しわ》を寄せ、三十名ほどもいる薬種屋達を見ていた。

「長崎屋の若だんなも来たのか。寝込んでおらず、目出度《めでた》い事だ。だが、な」

そろそろ用件を話しても良いかと言われ、部屋中に散らばっていた薬種屋達が、慌てて僧の方へ向く。寛朝が上座に落ち着くと、直歳寮の部屋は、嘘《うそ》のように静かになった。

江戸の今、誰もが檀那寺《だんなでら》を持たねばならぬと決まっている。つまり寺の御坊《ごぼう》というのは偉い方々であり、それが高名な寛朝であれば、なおさらなのだ。

皆が慌てて挨拶をすると、寛朝も集まってくれた事へ礼を言う。

そして、語り始めた。

3

「江戸は大きい町だ。今や、二百数十もの薬種屋があると聞いておる」

寛朝でも、いきなり全部の薬種屋を、呼ぶ事など出来ないほど多いのだ。よってとりあえず、日本橋本町《にほんばしほんちょう》の店主など、江戸でも名の通った者達に来てもらったと、寛朝は話し始めた。

「皆へ一度、是非言っておきたい事があるのでな」

「おや、御坊が何のご用でしょうねえ」

薬種屋達が揃って首を傾げると、寛朝の目が、きらりと光ったように見えた。

「お主らの店が売っている薬は、江戸に住む者達が、生きてゆく為の頼りだ。何しろ医者は高くつくしな。長屋暮らしでは、おいそれとは呼べぬ」

「きゅんわ、団子より高い」

若だんなの袖内から、また小さな声が上がる。

だから病を得ると、まずは寝て養生し、何とか病を治そうとする。それでも駄目な場合、多くが薬を購《あがな》い、飲むのだ。

「それは、分かっておるよな？」

襖《ふすま》を取って広くした部屋の内で、薬種屋達が大いに頷く。そして皆、我が店の薬こそ、病から大勢を救う、立派な品だと言った。

すると。ここで寛朝が身を乗り出した。

「おお、そうか。しかし、だ」

今日の寛朝は迫力がある。

「ご一同の店で売っている妙薬の、薬効を書いた、効能書き。ありゃ何だ！」

「えっ、何だと言われましても……」

薬種屋達は顔を見合わせた後、薬と言っても様々にある故、何に効くかを書いてあるのだと、生真面目《きまじめ》に答えてくる。すると何故だか寛朝が、不機嫌になった。

「ほう、あの効能書きが、真っ当なものだというのか？」

「その……寛朝様、何かご不満でも？」

「不満か？　あるぞ！」

寛朝の声が、大きくなる。

「信じられぬ程の効用を、書いてあるものが多いではないか。神のごとしの効き目、とか、病になっても、三日以内に○○の薬を飲めば治るとか、書き連ねてある。お主らが売る薬を飲めば、どの病も治ると言うのか？」

神仏が作った薬でも、そうは都合良く効きはすまいと、僧は続けた。だが売る為だろう、多くの店が好き勝手放題、信じられない程の薬効を書き立てているのだ。

しかし。

「全《すべ》ての病を、一服で治す薬など、この寛朝、見た事はないな。飲んだ事もない」

寛朝は薬種屋達の顔を、のぞき込んで言う。

「いい加減、信じられぬような効能書きは、止《や》めてくれぬか。どの薬も、万病に効くと言われたのでは、皆、買うのに困るのだ」

それでも身内が病になれば、誰もが、何とか治してやりたいと願う。よって最近、高僧と言われている寛朝の所へ、一体どの薬を購ったら、何に効くのか教えてくれと、泣きついてくる信徒達が増えているというのだ。

すると、それを聞いた途端、多くの店主達が、寛朝へ笑みを向けた。

「うちです！　この門前屋の薬であれば、間違いなく効きますよ。ええ、信じて下さって大丈夫です」

試しに一服どうぞと、増田屋が薬を出す。

「いや、この大和屋のものをお勧め下さい。お手間をおかけしますから、後で広徳寺へ寄進など、いたしましょう」

こちらは、薬よりも金子《きんす》が効くとばかり、堂々と持ちかけている。すると寛朝が眉間に深い皺を寄せ、すっくと立ち上がった。雷のような声が、部屋に響いた。

「たわけっ、わしの話を聞いていなかったのかっ。万病に効くという薬ばかり故、皆、困っておると言っただろうがっ」

「きゅぎゃーっ、怖いっ」

長きに渡って、皆が買い続けてきた薬には何らかの薬効があるに違いなかった。だから。

「本当に効く病のみを、きちんと書き添えて、薬を売ってくれぬか」

寛朝は少し、口調を柔らかくすると、薬種屋達へ頼んでくる。しかし商人《あきんど》達の返答は、相変わらずのものであった。

「寛朝様、我らの薬は本当に、多くの病に効くのです。それに効能書きを減らしたら、ご先祖様に申し訳が立ちません」

大勢が次々と頷く。高僧はしかめ面《つら》を浮かべて座ると、大きく息を吐《つ》いた。

「お主ら薬種屋達が、勝手を改めぬ気なら、こちらにも考えがあるからな」

そんないい加減な事をしていると、昔あった、和薬《わやく》の改会所《あらためかいしょ》のようなものが出来るぞと、寛朝は脅してくる。改会所とは、薬の真贋《しんがん》、薬効を確かめ、質を保証する場所の事だ。一々品物を確かめる事になると、商人達は、売買に不自由な思いをする筈《はず》だという。

「それとも己の店の薬の効能を、大げさに言わぬ店の品のみを、寺へ来た者達に勧めるかな」

部屋の内は、不満げな声に包まれた。

「寛朝様、寺が商いの邪魔をしちゃ駄目ですよ」

「あれまあ。もしかしたら長崎屋さんとか、仲の良いどこぞの店から、特別な扱いを頼まれましたかな」

そういう声が部屋に響くと、皆の目が、浮世《うきよ》小路《こうじ》にある三了の主や、長崎屋の面々へ向けられる。

三了は、強壮の薬を売っている名店だが、至って淡泊な効能書きしか、付けていない事でも知られていた。一方長崎屋は、直《じか》に買いに来た客より、医者や小売りの店へ売る事の方が多い。相手も玄人《くろうと》故、薬には短い効能書きが添えられているのみで、愛想のない事、この上ないと言われているのだ。長崎屋の名が出た時、若だんなは眉尻《まゆじり》を下げた。

（あ、今日、やたらと話しかけられたのは、この件の為かな？）

他の薬種屋達は寛朝の用が何なのか、知っていたのかもしれない。そして長崎屋は薬種を卸しているゆえ、寛朝ではなく、自分たちの味方にしようと思ったのだろうか。

（おとっつぁんも、困ってるかな）

気になって、若だんなはまた父の姿を探した。長崎屋の名が出ても、藤兵衛は今日、何も言っていない。それが不思議に思えて、寛朝の話は終わっていなかったが、若だんなは小声をかけてみた。

「おとっつぁん？」

だが、応《こた》えがない。若だんなの方を、見もしない。若だんなが戸惑った時、仁吉が主の腕へ手をかけた。すると藤兵衛は板間の上へ突然倒れたのだ。部屋内に声が響く。

「と、藤兵衛さんっ」

「突然倒れられて……中風か？」

若だんなが駆け寄り、仁吉が主を診たが、薬を飲んだらしいとしか分からなかった。周りへ問うても、藤兵衛が何を飲んだのか分からない。

藤兵衛は急ぎ他室に寝かされ、長崎屋へ知らせが向かう。若だんなは、恐ろしいような心細さに包まれていった。

4

母のおたえが、医者の源信と佐助《さすけ》を連れ、それこそ大急ぎで広徳寺へやってきた。近くの堀川までは舟で来たからか、何と沢山の妖達も、人の顔をして付いてきた。

当の藤兵衛は、苦しそうな様子は見せていないが、直歳寮の一室で、ただただ眠っている。仁吉や若だんなが、おたえ達に事情を話すと、患者を診た源信は眉間に皺を寄せた。

藤兵衛の側にあった湯飲みからは様々な薬の匂いがして、それらが合わさるとどういう薬になるのか、源信にも分からないと言う。更に、部屋を移されても藤兵衛は目を覚まさないので、不安が増す事になった。

「拙《まず》いですな。もしずっとこのままだと、水も飲めず、ものも食べられない。それでは藤兵衛さんの体が持ちません」

新たな一服を作っても、藤兵衛は今、それを飲み下す事が出来ないのだ。

「無理に口に入れては、息が詰まってしまう」

源信は、当分打つ手がないと言い、心配顔で広徳寺から帰る事になった。そばに他の者がいなくなると、顔を強《こわ》ばらせたおたえと若だんなの周りを、長崎屋からきた妖達が取り囲んだ。

「きゅい、藤兵衛旦那、寝てるの？　お昼寝？」

「ど、どうしましょうか。あたし達に何か、出来る事、あるかしら」

鈴彦姫《すずひこひめ》が、貧乏神と顔を見合わせる。藤兵衛は今まで、風邪すらほとんどひいたことがなく、妖達はおたえの涙を見て、狼狽《うろた》えてしまっていた。

すると。

この時すっと、何人かの妖達が立ち上がったのだ。小鬼と獏《ばく》の場久《ばきゅう》、それに屏風《びょうぶ》のぞきで、三人は一度、長崎屋へ帰ると言いだし、若だんなが片眉を引き上げる。

「屏風のぞき、どうしたの。今日はよく動くね」

紙で出来た屏風の付喪神《つくもがみ》は、そもそも舟に乗るのが好きではないのに、また遠出をすると言うのだ。付喪神は頷くと、立ったまま、驚くような事を言い出した。

「若だんな、鳴家に確かめたぞ。藤兵衛旦那が倒れたのは、寛朝様が薬種屋達を集めた場で、何かを飲んだからなんだよな？」

長崎屋で変事を知り、慌てておたえと広徳寺へ来てみれば、藤兵衛は動くことすら出来なくなっていた。ということは。

「藤兵衛旦那は、広徳寺で、誰かに狙われたんじゃないのかい？　つまり危ないんだ。長崎屋も危ないんだ！」

横で小鬼達が、真剣な顔で頷く。

「きゅい、さっき見たら、藤兵衛旦那の側に、お菓子がなかった」

長崎屋は主が倒れたので、きっと菓子を買う金が無くなったのだと、小鬼が言う。するとと今度は、場久が涙目を見せてくる。

「長崎屋が貧乏になったら、一軒家を売って、菓子代の足しにするんじゃないですか？　その内、離れまで売る事になったりして」

そうなれば場久は、一軒家から出て行かねばならないのだ。だが、妖である場久が居着ける家など、他に見つかるとも思えない。

「屛風の付喪神である屛風のぞきさんだって、離れから出されたら、雨に濡《ぬ》れちまいます。直ぐに破れて、あの世へ行ってしまうかも」

長崎屋と妖達は今、大層危うい立場にいるのだ。

「だから若だんな、我ら妖は今、長崎屋を守る事にしたんです！　倒れた訳を探り出し、藤兵衛旦那を襲った悪い奴《やつ》を捕まえるんだ！」

いつもは落ち着いている場久までが、声を大きくしたので、おたえは目を見張り、若だんなは慌てた。

「あの、ちょっとお待ち。悪い奴って言うけど、おとっつぁんが寝ついた事情は、まだ何も分かってないんだよ」

それにだ。長崎屋のお金が、急に尽きるわけはない。

「おとっつぁんは、今日倒れたばかりで……」

長崎屋は大店なのだ。店で売り買いをするのは、腕の立つ奉公人の役目だから、主が寝込んでも商いは続いていく。

「だからね、そういう心配はしないで……」

しかし、場久は黙らなかった。

「でも若だんな、主人のいない店なんて、ありませんよ。ええ、心配しないなんて無理です！」

屛風のぞきが横で、深く頷く。

「しかも、藤兵衛旦那は妙な倒れ方をした。もし、誰かにやられたんなら、ほっといたら拙い。若だんなも、狙われるかもしれない」

だから、屛風のぞきと場久、それに小鬼は、早めに手を打つ事にしたのだ。

「……何をやる気なんだ？」

仁吉が針のようになった目で、三人を見る。すると長崎屋の妖達は、思いつきを語り始めた。

「あたしと場久は通町に戻って、岡《おか》っ引《ぴ》きの所へ行くつもりなんだよ。いつも店に来る、日限《ひぎり》の親分の長屋だ」

そして。

「長崎屋の藤兵衛旦那が、広徳寺で一服盛られ、倒れた。悪い奴を捕まえてくれって言ってくるのさ」

このままだと、長崎屋のおかみと若だんなは、店を畳むかもしれない。そうなったら親分は、いつものお金も薬も菓子も貰えなくなる。そう伝えるのだ。

「日頃藤兵衛旦那に、世話になってるんだ。親分は頑張ってくれるさ」

「お、おい。旦那様が狙われたとは、まだ決まっちゃいないぞ」

佐助が呆然《ぼうぜん》とした顔になると、屛風のぞきは、一服盛られたんでなきゃ、どうして倒れたんだと言い返した。

「勿論《もちろん》、自分たち妖が、事を片づけた方が良いとは思うよ」

妖は、頭が良いし立派だからと、屛風のぞきは続ける。だが。

「今回は、長崎屋の知り合いである店主達が、大勢関わってるんだ。妖が表だって動くのは、拙いだろ？」

下手に活躍したあげく、その立派な男はどこの誰で、人別《にんべつ》はどの寺にあるのかなど、薬種屋達に問われたら困る。つまり、岡っ引きを引っ張り出した方がいいのだ。

「どうだい、真っ当な考えだろ？」

するとと妖達が直ぐ、大いに沸いた。

「こんっ、こりゃあ良く考えたな。屛風のぞき、珍しくも冴《さ》えてるじゃないか」

「きゅい、鳴家、頭良い」

布団の周りにいた妖達は頷くと、何故だか自分たちが胸を張った。しかし若だんなは、困った顔で眉尻を下げる。

「でも寺内で、無茶は出来ないよ」

ここは町方の手が及ばない、広徳寺の中なのだ。よって岡っ引きを引き入れ、勝手をしたら、広徳寺の僧から不満が出かねない。寛朝は妖封じをする僧として、江戸でも高名な者だ。長崎屋の妖を封じる事だって出来ると、若だんなは心配を口にする。

しかし、屏風のぞきは引かなかった。

「なんで駄目なんだ？　そもそも今回、藤兵衛旦那が広徳寺へ出かけたのは、寛朝様に呼ばれたからだろう？」

そして藤兵衛はそこで厄災に見舞われ、おたえや若だんなは今、目に涙を湛《たた》えている。長崎屋に棲《す》みついている沢山の妖達だとて、心細い思いを抱える事になった。

「寛朝様は、見た目のお気楽さ以上に、強くて偉くて怖いんだ。ならば、責任取ってくれなきゃ駄目だろうに」

なのに藤兵衛を寝かせただけで、まだ何もしていない。だから、妖達が動くことにしたのだ。

「それがいけないなんて、おかしいぞ」

すると若だんなの横で、思いがけない声がした。

「それは……確かにそうでしょう」

「わあっ、仁吉まで、そんな事を言い出すなんて」

若だんなの声が固くなったが、今日は何故だか兄や達が頷かない。二人は厳しい顔つきになっており、おたえを見てから、若だんなへ語り始めた。

「若だんな。屛風のぞき達の考えには、突っ走った所があります。いつもでしたら我らも、妖達を止めるのですが」

だが、しかし。

「今回は、時がありません。旦那様は今、水も飲めないんです。人ですから、目を覚まさないままでは拙い。飲んだ薬で死ななくても、何日も持たないんですよ」

藤兵衛に何かあったら、真っ先に泣くのは、おたえや若だんなであった。酷《ひど》く応えて、若だんななど、重い病になってしまうかもしれない。そして兄や達や化け狐《ぎつね》らは、二人を守る為、おたえの母、おぎんが江戸へ寄こした者なのだ。

「お二人の為、旦那様を守らねばなりません。やれる事があるなら、寛朝様が怒っても、何でも試してみなければ」

若だんなは目を見開き、寝言すら言わない藤兵衛へ、一寸その目を向ける。それから唇を引き結んだ後、ゆっくり皆へ顔を向けた。

「そうか……そうだね」

無理は怖い、無茶は困ると、都合の良いことを言っている場合ではないのだ。

「ごめん、覚悟不足だった」

ならば。若だんながぐっと唇を引き結ぶと、膝《ひざ》にいた鳴家が、「きゅい」と鳴いて首を傾げる。

「私も動くよ。一緒に頑張る」

若だんなはそう言ったが、しかしと言葉を続け、眉間に皺を寄せて、しばし黙ってしまった。だがじき妖達を見ると、とにかく一つ、やりたいことを思いついたと口にする。

「皆、今は私に手を貸してくれないか。悪人を見つけるより、第一に、おとっつぁんがどんな薬を飲んだのか、私はそれを知りたいんだ」

飲んだものが分かれば、目を覚まさせる方法が、見つかるかもしれない。いやきっと、仁吉が手を打ってくれるに違いない。とにかく一番に、藤兵衛を助けたいのだ。

「きゅい」

「若だんなの為ですから。勿論」

皆が頷く。

「それじゃ妖達は、寺に集った薬種屋さん達が、どういう薬を持参してきたか、まずそれを探ってくれないか。多分皆さん、まだ寺にいると思う」

薬種屋達は分からないと言ったが、藤兵衛が飲んだのが薬ならば、今日、広徳寺の中にあった薬に違いないのだ。

「みんななら、影内から上手く探れると思う。助けておくれ」

妖達は、やることが分かったと目を輝かせ、一斉に雄叫《おたけ》びを上げた。

「よっしゃ、若だんな。上手いこと調べるさ。この屏風のぞきがいれば、大丈夫だ」

「きゅわきゅわーっ、鳴家がいっちばん」

「若だんな、貧乏神は役に立つよぅ。商人連中はきっと、貧乏になりたいとは言わねえだろうからな」

「こんっ、王子の狐たちを呼び、上野に住まう狸《たぬき》たちに、決戦を挑みます！」

「きゅい、なんで？」

一方若だんなは、寺に集まっている薬種屋の名を、きちんと確かめることに決めた。例えば先程、端の部屋で出会った西の唐薬問屋など、若だんなは名を知らない。どんな薬を持っているかも、分からないのだ。

「寛朝様なら、承知なさっている筈だ」

立ち上がり、では、それぞれ頑張ろうとなった時、若だんなは妖達に一言添えた。

「あのね、今日は薬種屋さん達から、色々薬を勧められたんだ。皆さん広徳寺へ、結構、薬を持ってきているように思えたよ」

もしかしたら手荷物などにも、薬は入っているかもしれない。

「ほい、分かった」

屏風のぞきが頷き、鳴家達が「きゅいっ」と声を上げ、若だんなの袖に三匹飛び込んできた。妖達の袂《たもと》にも、小鬼は潜り込んでゆく。

「一太郎、お願いね」

藤兵衛に付きそうおたえの声も、若だんなの背を押してくる。

(何と、おっかさんから、頼られてる。心配されるんじゃなく、こんな言葉で送り出されるのは、初めての事じゃないかな)

若だんなは思わず手を握りしめ、二親《ふたおや》を振り返って見てから、廊下へ歩み出た。妖達も、広い広徳寺の影に散った。

5

若だんなと兄や達は、寛朝の姿を探し、元いた板間へ戻った。すると直歳寮《しっすいりょう》では、高僧が珍しくも呆然とした様子で、廊下に立ちつくしていた。

若だんなに気がつくと、直ぐに藤兵衛の様子を聞いてきたし、集った薬種屋達の名を問うと、教えてくれると言ったが、眉間に皺を寄せたままでいる。若だんな達は首を傾げた。

「寛朝様、どうかなさいましたか？」

すると無言で眼前の戸を指したので、若だんな達は僅かに開けてみた。覗《のぞ》き込んだ後、寛朝と三人は、廊下で顔を見合わせる事になった。

「何事でしょう。薬種屋さん達が、二手に分かれて睨《にら》み合ってますね」

おまけに湯飲みや扇子などを、握りしめている者までいた。何かきっかけがあれば、それらは今にも、部屋を飛び交いそうであった。

「寛朝様、私達がいない間に、何かあったんですか？」

問われた高僧は、ため息を漏らす。

「藤兵衛さんが急な病になったゆえ、事情を知りたくてな。倒れた時、何があったのか、薬種屋達に聞いてみたのだ」

藤兵衛は薬を飲んだらしいと、仁吉が言っていたから、倒れたのは中風など病のせいではない。寛朝はたまたま藤兵衛の様子を見ていなかったが、部屋には三十人近くの薬種屋がいた。皆知らぬと言ったが、誰も、何も見ていない訳はあるまいと、寛朝は今も思っている。

ところが。

「聞いた途端、妙な事になった」

薬種屋達は最初、目を見合わせるだけで、口を開く者がいなかった。だが寛朝が額に青筋を浮かべると、ある薬種屋の名が告げられた。その者は藤兵衛へ、何か薬を勧めていたという。

「するとな、名が出た薬種屋を、庇《かば》う者が出た。他にも藤兵衛さんへ、薬を出していた者はいたと言うのだ」

更に別の名が幾つも出て、言い争いになった。どの店主にも庇う者が現れ、じきに薬種屋達は二手に分かれていった。そして、お互いへの不満や疑いを口にし始めると、藤兵衛の話など、誰もしなくなったのだ。

「その内、薬種屋達は拙僧と秋英に、廊下へ出ていてくれと言い出してな」

薬種屋同士で大事な話があるゆえ、僧は一時遠慮してくれと言われ、数で押し出されてしまった。しかし直歳寮の主《あるじ》であり、今日薬種屋達を寺へ集めたのは、寛朝であった。

「話があるなら、まずは拙僧にするべきだ。なのに追い出すとはけしからん」

「人というのは、時々妙な事をしますね」

仁吉と佐助が眉間に皺を寄せ、廊下に立ったまま、薬種屋達の変なところを数え始める。

一つ、同業者で、二手に分かれて揉《も》めている訳が、分からない。

一つ、今日、薬種屋達は薬を沢山持ってきており、長崎屋の皆へやたらと勧めていた。妙であった。

一つ、寛朝から呼び出されたら、皆、素直に寺へ来た。でも、言いつけられた事には、従わない。変わっている。

それを聞いた若だんなと寛朝は、揃ってため息を漏らした。

「若だんな、多分薬種屋達は、隠し事をしているのじゃな」

「それを言いたくないから、薬種屋さん達は、おとっつぁんが何を飲んだかも、言い出せないのでしょうか」

「倒れた藤兵衛さんより、自分たちの事が大事という訳か。さて、どう向き合ったら薬種屋達は、本当の事を言うだろうかな」

寛朝が顔を顰《しか》め、横で若だんなが唇を引き結ぶ。するとその時、近くの影の中から、屏風のぞきが顔を出した。そして、思いもかけない事を、若だんなへ告げてくる。

「あのな、若だんな。あたし達は早々に、薬種屋達が持参した薬を見つけたよ。仁吉さんが藤兵衛旦那を治す時、使っておくれ」

「おお、早い事。お手柄だな」

佐助が褒めると、後ろから出てきた小鬼達が、嬉しげに頷《うなず》く。だが、その姿が粉まみれだったから、仁吉が顔を引きつらせた。

「鳴家、総身に浴びているのは……その匂い、風邪薬だね。見つけた薬を、どうして浴びているんだ？」

「きゅんわ、これ不味《まず》い。甘くない」

鳴家は小さな腕を組み、大層真剣に言う。屏風のぞきは、水瓶などが置かれていた直歳寮の端で、まず薬の袋を見つけたと告げた。

「で、さ。簡単に見つかった上に、色々な薬があったんだ」

屏風のぞきは、それぞれの薬を少量集め、おたえに渡した。しかし鳴家達は、一度薬の味を、確かめてみなければと言い出した。何故なら、もしかしたら甘いかもしれないからだ。

「きゅい、それ、大事」

「止めたんだよ。でも小鬼達は食いしん坊だから、突っ走っちまって」

だが、やはりというか、美味しくなどなかったらしい。鳴家達は癇癪《かんしゃく》を起こし、幾つかの部屋で粉薬《こぐすり》を、ひっくり返してしまったのだ。

「部屋も鳴家も、粉だらけになったんだ」

「掃除が必要みたいだな」

寛朝がため息を漏らし、仁吉が薬を無駄にするなと、鳴家に拳固《げんこ》を食らわす。

「ぎゅべっ」

半泣きになった小鬼は、仲間と影内へ消えてしまった。残された屏風のぞきが、おろおろとしつつ言う。

「お、おい。あいつらを逃がしちまって、いいのか？　誰が粉薬だらけの部屋を、掃除するんだ？」

寺の小坊主《こぼうず》達に頼もうものなら、薬を無駄にしたのは誰か聞かれ、困るに違いない。妖《あやかし》達に頼んだら……皆、影内へ逃げてしまうかもしれない。

「それは確かに」

寛朝が嘆く横で、若だんなはしばし考え込んだ。そして……じき、寛朝が魂消《たまげ》るような事を口にした。

「ならば、薬だらけの部屋は、薬種屋さん達に掃除してもらいましょう」

「は？」

「寛朝様、どうせなら鳴家の悪戯《いたずら》を、上手く使いたいと思います」

若だんなは同業の皆に、罠《わな》を仕掛けるつもりだと言ったのだ。

「わ、罠？」

「掃除をするとなると、薬種屋達はあちこちの部屋へ、分かれる事になりますでしょう？」

そうして、周りに人がいなくなった所へ、影の内から妖達に、こちらが作った、薬種屋達に都合の悪い噂話を流してもらうのだ。薬種屋達は、不安になる。そうすれば彼らは話し合いをし、藤兵衛に何があったのかも、口にするかもしれない。

「おお、良い考えですね」

兄や達は頷いたが、寛朝は戸惑っている。

「だが若だんな。薬種屋らが粉薬の掃除など、やると思うか？」

「寛朝様、おとっつぁんの為《ため》と言い、私が頭を下げて頼みますよ」

無茶は承知、是非やりたいと若だんなが言い切る。そしてその言葉を兄や達が止めなかったものだから、高僧は目を見開き、ゆっくりと首を振った。

「仁吉さんも佐助さんも、いつもであれば、若だんなを諫《いさ》めているだろう。しかし今は、共に突っ走る気なのだな」

止めたら却《かえ》って、若だんなが苦しむ事になりかねないからだ。人は悩む。嘆く。それが体を損ねる事すらある。本当の意味で、誰かを守るのは難しい。寛朝の声は低く響いた。

「どう動くのが正しいか、誰もが学びの時を迎えておるようだ。拙僧も含めて、だな」

「きゅんべ？」

若だんなの無茶をただ見ているのは、結構腹をくくらねば出来ぬ事だなと、寛朝は苦笑を浮かべた。しかし、それ以上は愚痴など言わず、薬種屋達を直《す》ぐ集めようという。

「若だんな、上手く掃除を言いつけておくれ」

だがここで、影内から新たな声がそれを止めた。

「若だんな、薬種屋達は寛朝様を、部屋から追い出した奴らで、手強いです。だから掃除をさせる役は、あたしがやりますよ」

そう言って影から現れたのは、化けるのが得意な守狐《もりぎつね》であった。直ぐに廊下でぴょんと跳ねると、皆が「おおっ？」と小さく声を上げる。守狐は、縞《しま》の着物を臀《しり》で端折《はしょ》り、羽織に十手を一本差した、人の姿になっていた。

「なんと、岡っ引き姿になったか。日限の親分だ」

「この格好のあたしが命じれば、皆、掃除をしますよ。ちょいと試してきます」

守狐は板戸を開けると、結構威張った様子で、未《いま》だに睨み合っていた薬種屋達の前へ進み出る。そして更にふんぞり返ると、魂消た顔の薬種屋達に、部屋が汚れたので、掃除をしろと命じたのだ。

「あんたたち、何故なのか知らんが、薬を沢山、寺へ持ち込んでたんだって？」

そんなものがあるとは思わないから、誰ぞが粗相をして、部屋に粉薬をまき散らしてしまったのだ。

「必要の無い薬を、寺へ持ち込んだ者が悪い。薬種屋達はこれから皆で、堂宇を掃除してくんな」

たまたまの用で、寺へ来ていたこの岡っ引きが仕切ると言い、守狐はまたふんぞり返った。途端、今までいがみ合っていた薬種屋達が、見事に揃って文句を言ってくる。

「岡っ引きの旦那、なんで薬種屋の話し合いに、割って入って来るんですか。おまけに掃除をしろだって？　あたしらが汚したんじゃないでしょうに」

守狐が、両の足を踏ん張って怖い顔を見せたが、誰も恐れ入らない。佐助が唸《うな》った。

「まずいですね、若だんな。掃除をさせようという思いつきは、失敗かも知れない」

廊下で若だんな達がはらはらしていると、いつの間に来ていたのか、後ろから貧乏神、金次《きんじ》の楽しそうな声がした。

「うわぁ、薬種屋達ときたら生意気だねぇ。ここにいる全員の店を、思わず祟《たた》ってやりたくなるな」

すると、生意気という声が聞こえたのか、部屋内から薬種屋が、戸の外へ薬の小袋を投げてきた。金次はあっさり避《よ》けたが、それは肩に乗っていた、鳴家《やなり》二匹に当たったのだ。

ぼふんと粉が舞い上がり、鳴家は、また粉薬だらけになる。小鬼は小さな両の足を踏ん張って、ときの声を上げた。

「きゅんげーっ、薬屋、鳴家と勝負する気だ」

鳴家達は落ちた小袋を摑むと、部屋内へ飛び込み、遊び始めた。まず、薬の入った紙包みを裂き、残りの中身を盛大に撒《ま》いたのだ。

「うわっ、何だっ」

突然粉薬が舞ったので、薬種屋達が一斉にむせ込む。小鬼達は楽しそうに笑った。

「きょげきょげーっ、勝利」

鳴家達は次に、薬種屋の懐《ふところ》や、床に置いてあった袋物を探した。そして見つけた粉薬を更にぶちまけ、ぶわんと粉の雲を作る。鳴家達は更に喜んで、軋《きし》むような笑い声を立てた。

「きゅわきゅわきゅわ、鳴家強い」

「う、わぁっ。どうして薬が散るんだ？」

「げっ、ごふっ」

板間の中には、えぐい味のもやが濃くかかり、先がかすんでゆく。

「きゅんいー、げふげふ」

じき、薬を撒き散らした鳴家までが咳き込み、慌てて廊下へ飛び出してくる。続いて薬種屋達も、部屋から逃げ出てきた。

だが。その者達の前に、薬には大層強い若だんなが立ちはだかったのだ。そして皆に、この騒ぎの始末をつけず、逃げ出すのは駄目だと言い切った。

「親分にも言われたばかりでしょう。寺を薬まみれにしては駄目です」

こんな騒ぎを起こしたからには、汚れた部屋を全て掃除してから帰ってくれと、若だんなは言い切った。

薬種屋達は、今度も文句を言おうとした。

「げふっ、我らが汚した訳では……ごほほっ」

しかし、若だんなほど薬に強い者はおらず、ろくに返答が出来ない。つまり文句すら言えぬ間に、勝負はついてしまった。

6

薬種屋達は揃って渋々、寺を掃除し始めた。

一方、一旦《いったん》藤兵衛が寝ている部屋へ戻った若だんなは、そろそろ皆には言えない悩みを抱え出した。

実は、頑張りすぎたせいか、時々くらりと頭が揺れるのを感じ始めているのだ。

(拙い。ここでおとっつぁんと、隣り合わせに寝る事になっちゃ、駄目だ)

つまり父の為にも、己が起きていられる時を考えても、大いに急いで、事を解き明かさねばならなかった。

(ええと、次にやるべきことは)

若だんなは妖達を呼ぶと、影の内から、掃除をしている薬種屋達へ、囁《ささや》いてきて欲しい言葉があると告げ、小鬼達の体から粉をはたき落とす。

「きゅい、若だんな、鳴家は上手《うま》くやる!」

「鳴家、何を上手くやるんだ？」

屏風のぞきに問われ、小鬼達は首を傾げている。付喪神が何を言えばいいのか聞いてきたので、若だんなはいくつかの言葉を口にした。

「寛朝様が、薬種屋のやったことを見抜いたと、囁いてみて」

「だから罰として、店主らに帰って良いとは言わず、皆に掃除をさせているのだと」

「長崎屋は、死んでしまうかもしれない」

そして、最後の一つ。

「拙いよ。隠していた事が、見つかってしまう」

全部で四つだ。そして、それを聞いた薬種屋達が何を話すか、聞いてきて欲しいのだ。

妖達は頷くと、一遍で全部覚えたと言い、張り切って影内に消える。

「きゅい、格好良く話してくる」

妖達が消えると、兄《にい》や達が若だんなの横で、眉尻を下げた。

「若だんな、上手く薬種屋達に、掃除をさせる事が出来ました。素晴らしかったです」

だが影から話す方は、大丈夫なのか、一度聞いただけの妖達が、間違えずに囁けるかどうか大いに怪しいと、兄や達は心配していた。

そして、薬種屋達の言葉を覚えて、戻ってこられるか、そちらはもっと不安だと言ったのだ。

「確かにそうなんだけど」

しかし、これればかりはやってみなくては、どうなるか分からない。心配しても仕方が無かった。

「上手く、本当の事を聞き出せるといいんだけど」

若だんなと妖達は、粉だらけになった板間の方へ、揃って目を向けた。


寺の直歳寮では、薬種屋達がせっせと、撒き散らかされた粉薬を片付けていた。三十人近くいるから、板間など直ぐ掃除が終わりそうなものだが、部屋の数が多かった。おまけに守狐の親分が見張っており、僅かも手を抜く事が許されない。

薬種屋達は顔を赤くし、黙って板間を拭《ふ》いていたが、親分が他の部屋を見に行くと、増田屋は直ぐに立ち上がり、隣でしゃがんでいる磨留屋に愚痴をこぼした。

「やれ腰が痛い。己の店でも、こんなに掃除をした事はないよ。磨留屋さん、とんだ一日になりましたね」

すると背の方から、応えがあった。

「こんっ、寛朝様は、薬種屋達がやったことを見抜いてるからね。掃除は罰だ。しかたないさ」

「えっ、そうなんですか？」

慌てて磨留屋へ問うと、恰幅《かっぷく》の良い店主は、きょとんとした顔をしている。

「あの、私は何も言っておりませんが」

増田屋は慌てて辺りを見回したが、周りには誰もいない。首を傾げて掃除に戻ると、じきにまた、気になる一言が聞こえてきた。

「長崎屋さんが、死んでしまうかもしれない。拙いよ。薬種屋のせいだ」

「きゅい、拙いよ。隠していた事が、見つかってしまう」

「えっ……御坊《ごぼう》があれを、見つけたって？　その上長崎屋さんの具合が、悪くなったのか？」

増田屋がまた問うと、磨留屋は今度も、自分は喋《しゃべ》っていないと首を横に振る。一瞬立ちすくんだ後、増田屋は横の襖《ふすま》へ駆け寄り、さっと大きく開けた。

だが掃除が終わっていたのか、隣の部屋にもその奥の間にも、誰もいない。増田屋と磨留屋は顔をゆがめ、共に懐を握りしめた。

「増田屋さん、寺の小坊主さんでも近くの部屋に来ていて、噂話をしていたんでしょうか。つまり寛朝様は、本当に我らがやった事を、見抜いておいでなのかも……」

「いや、そんな筈《はず》はない。磨留屋さん、もしそうなら、長崎屋の手代達が、黙っちゃいないでしょう」

　しかし磨留屋は、落ち着かなかった。

「どうも誰かに、見られている気がするんです。増田屋さん、もしかしたら、あの逃げ出した御仁《ごじん》が、戻って来たのかね」

「まさか。藤兵衛さんが倒れたら、真っ先に寺から消えたんです。あの人は、わざわざ帰って来たりしませんよ」

　懐にあれを持っているから、磨留屋は不安が募っているのだと、増田屋は言う。

「しかし、こうなると、これは重いですね」

　増田屋も気になるのか、そっと懐に手を置く。磨留屋も懐を見た時、部屋の天井が大きく軋んだ。

「きゅわきゅわきゅわ」

「分かったぞ」

「悪いのは誰か、知ったぞ」

不安げな顔が二つ、揃って上を向く。そうして目が宙を見ている間に、近くの影から手が出てくる。それからあっという間に、二人の懐にある書き付けを取り、消えてしまった。

そして。

妖達はやがて、少し離れた部屋の、布団の脇《わき》に現れた。そして。

「これが悪い」

その言葉と共に、おたえ、寛朝、妖達の目の前に、紙を置いたのだ。

若だんなは、書き付けに急ぎ目を通すと、少し眉を上げた。それから若だんなを見つめている皆へ目を向け、紙を畳に置いた。

「なんで今日、薬種屋さん達がやたらと薬を勧めてきたのか、それが分かりました。後で、詳しく話しますが」

まずはかいつまんで言うと、このお江戸で、大勢の薬種屋を巻き込んだ、大事が起きていたのだ。そして長崎屋もいつの間にか、その渦に巻き込まれていたらしい。

しかし。

「でも、分からない事もあります。この騒ぎが起きると、どうしておとっつぁんが、倒れる事になるのか。そこはまだ、見当がつきません」

そう口にした時、若だんなは自分の身が、何故《なぜ》だか急に頼りなくなり、ぐらりと傾いたのが分かった。

兄や達や妖らが、あちこちから支えてくれたので、倒れはしなかった。しかし心配そうな目を向けられ、若だんなは泣きそうになる。

「今が大事な時なのに。寝付く事になっちゃ駄目なのに。私は、役に立ちゃしない」

すると、ここで寛朝がやんわりと笑った。

「若だんな、お前さんの体は、多分直ぐには強くならない。それは自分でも、分かっておるな？」

ならば、だ。

「嘆く前に、皆に上手く頼るすべを覚えるのだな。周りが大変にならぬように。己が苦しく感じぬように」

多くを察して欲しいと思ったり、相手に重く寄りかかってしまうと、双方が大変になる。そろそろ若だんなは、助けの求め方を承知していく時だろうと、寛朝は言ったのだ。

「妖達には、痒《かゆ》いところに手が届くように、世話をされてきた筈だ。でも人は、そうは都合良く、動いてはくれぬ」

その加減を、そろそろ分かれと言われているのだ。

「あの……はい」

「大丈夫だ。お前さんには、妖達がいる。一人で悩む事は、あるまいよ」

「きゅい、大丈夫。鳴家、いるから」

小鬼がうんうんと頷き、膝に乗ってくる。若だんなは、その小さな頭をそっと撫《な》でると、茶を飲み、大きく息を吸ってみた。そしてまずは頭を下げ、部屋内にいる皆へこう話し出した。

「あと少し、よろしくお願いします。無茶はしませんから」

それから若だんなはへたばりそうになりながらも、書き付けについて話し始める。そしてこの後どう動いたらいいか、皆と決めていった。

7

直歳寮の堂宇が綺麗《きれい》になると、薬種屋達はほっと息を吐《つ》き、守狐の岡っ引きへ、まずは頭を下げた。そしてとにかく、早々に帰りたいと言い出した。

「いや、あちこちが痛くなりました。掃除は久々で、参りましたよ」

「ご苦労様」

守狐が頷くと、薬種屋達は帰る前にと藤兵衛を見舞い、具合を問う。目は覚めていないが、悪くなってもいない。おたえにそう言われると、皆は不安そうな顔つきになった後、揃って部屋を辞した。

だが、やっとこれで帰れると話し出した薬種屋達は、何故だか一旦、最初に集った部屋へ呼ばれてしまう。若だんな達がその部屋の隅に座っていたので、薬種屋達は心《こころ》許《もと》なげに問うてきた。

「この集まりは、どういうものなんでしょうね。帰る前に、寛朝様へご挨拶《あいさつ》が必要なんでしょうか」

すると、そこへ寛朝が姿を現し、こちらが薬種屋達に、礼を言いたいのだと明るく言った。

「皆で部屋を清めてくれたので、助かった。藤兵衛さんは未だ目を開けぬし、寺の者も色々忙しいのでな」

「早く良くなるよう、祈っております」

薬種屋達は言うべき事を言い、立とうとした。だが直ぐに皆揃って、腰を下ろす。この時寛朝が、袖から書き付けを取りだし、ひらひら振って皆へ見せてきたからだ。

「そういえば掃除が済んだ部屋で、こんなものを見つけた。和薬改会所《わやくあらためかいしょ》について書いてあったが、お主らのものかな?」

実はこの紙のことで、皆に集まって貰ったと言うと、部屋中の薬種屋達が一斉に懐を探り、中の二人ばかりが顔色を蒼《あお》くする。寛朝が増田屋達を見て、にっと笑った。

「おや、早々に持ち主が分かったようだ」

増田屋と磨留屋は顔を見合わせ、前へ進み出る。しかし寛朝は、書き付けを返しはしなかった。

その代わり横へ目を向けると、ここで若だんなが口を開く。

「和薬改会所。確かかなり以前、享保《きょうほう》の頃に出来、十数年で無くなった筈と、仁吉から聞きました」

作りはしたものの、長くは保《も》たなかったらしい。その後も、再び改会所を作るという噂が出ては、いつの間にか消えてゆく。

「そちらの書き付けは、今また和薬改会所を作りたいという願書と、反対する届けですね」

どうやら、またもや和薬改会所を作りたいという話が、出ていたようなのだ。そして、それに反対する者も、多くいるらしい。

「多分薬種屋さん達は、賛成派と反対派に分かれているのでしょう。先程はそれで、揉《も》めていたようですね」

丁度薬種屋が揃って、寛朝から寺へ呼ばれた。よって、ついでに話し合う事にしたものの、話は一層こじれてしまったわけだ。

「おまけに長崎屋には、こんな大事な話が、まだ伝わっていなかったんです」

訳の察しはついた。多分、大量の和薬種を扱っている長崎屋が、どちらかの意見へ付くのを、薬種屋達が嫌ったからに違いない。

「ということは、です」

ここで若だんなは、薬種屋達の方へ身を向けた。つまりどちらの派も、出来るなら長崎屋を、己達の方へ取り込みたいと思っていた筈なのだ。

「だから皆さんは今日、やたらと私らに薬を勧めてこられたんでしょう？　広徳寺へ沢山、薬を持ってきたのは、おとっつぁんや仁吉に自慢の薬を見せ、自分たちこそ和薬の扱いに優れている所を、示したかったのでは？」

若だんなが、どこかの店の薬で元気になれば、長崎屋は感謝して、勿論そちらの派につく。そうなれば、和薬改会所の件がどう転ぶか、決まったようなものであった。

「そこまでは、察しがついたんですが」

ここで若だんなは、「ただ」と言葉を続けた。

「和薬改会所の話が出ると、どうしておとっつぁんが、倒れる事になるのか。そこが今も、分からないんです」

広徳寺には沢山の薬種屋が集い、いつになく多くの薬も集まっていた。しかし藤兵衛が、何故、どんな薬を飲んだかは知れない。

「だから未だに、おとっつぁんには何も、手を打てずにいるんです」

このままだと、藤兵衛の身が危ない。源信にそう言われたと、若だんなは正直に言った。

「それは……何というか」

ざわりと部屋内に声が響き、薬種屋達が落ち着かなげに、顔を見合わせる。しかし、それでも口を開く者がいないのを見て、一寸《ちょっと》、寛朝が顔を顰《しか》めた。

すると。

ここで若だんなが、頭を下げたのだ。深く、深く、畳に額を擦《こす》りつけるようにして、薬種屋達に頼んだ。

「和薬改会所の件では、長崎屋はどちらの側にもつきません。ここで聞いた事は、決して他言しません。ですから、教えて頂けませんか」

藤兵衛が、何を口にしたのか。

「時がないんです。お願いします」

しばし、沈黙が部屋に満ちた。

若だんなは長く、頭を上げないでいた。

それでも沈黙が続き、寛朝の顔に、今度ははっきりと怒りが浮かぶ。

兄や達二人の目が、針のように細くなった。

だが。

高僧が何かを言う前に、まず増田屋が口を開いたのだ。若だんなへ、顔を上げてくれと願った後、一瞬天井を仰いでから、強《こわ》ばった声で言った。

「もう隠し通せませんな。白状します」

増田屋は、藤兵衛が飲んだのは、自分の店の薬、明々散《めいめいさん》だと言った。胃の腑《ふ》の痛み、悪寒《おかん》、足の痛み等々に効く、明々丸の散薬だ。

「は？　旦那様は、売薬の明々散を飲まれたんですか？」

よく知られた薬の名が出た事に、仁吉が目を丸くしている。そんな薬で藤兵衛がひっくり返るとは、思ってもいなかった様子であった。

だがここで、部屋の内から他の声も上がった。

「若だんな、藤兵衛さんが飲んだ薬は、他にもあった。相馬屋自慢の品、百病助《ひゃくびょうたすけ》薬《ぐすり》も飲まれました」

店が看板にしている薬を飲んで、大店の主が倒れたのだ。そんな話が広まったら、薬種屋が潰《つぶ》れるかもしれない。そう思ったら言い出せなかったと、相馬屋が苦しげな顔で頭を下げる。

「えっ、おとっつぁんは、二つの薬を、一遍に飲んだんですか？」

若だんなが魂消ていると、声は更に重なった。藤兵衛は何と、磨留屋の真通薬《しんつうやく》と、唐薬《とうやく》問屋の黒真散《こくしんさん》、それに藤兵衛自身が持っていた薬を、一度に飲んだというのだ。

若だんなは、ただただ呆然とする。

「全部で五つも？　おとっつぁんときたら。何でそんな無茶をしたんでしょう」

一度に幾つもの薬を胃の腑へ放り込んだら、どんな薬効が現れるか、若だんなにも見当がつかない。白沢《はくたく》である仁吉でも、飲んだ薬が分からなかった筈であった。

ここで増田屋が、磨留屋と顔を見合わせる。

「その……若だんなが先程言われた通り、我らは和薬改会所の事で揉めていた」

そんな時、だ。上方《かみがた》でも和薬改会所が出来るかもというので、顔を出していた西の唐薬問屋が、藤兵衛に新しい薬を出した。そして江戸の薬種屋達なら、まずは言わない言葉を軽く口にしたのだ。

そんな事を言われたら、藤兵衛が本気で考え無茶もすると、江戸の仲間なら知っている事であった。

「唐薬問屋さんたら、自分の店の薬を飲めば、病弱な若だんなの体が、そりゃあ強くなるって言ったんですよ。元からすっきりして、直ぐに丈夫になるって」

「えっ……」

若だんなが仁吉と、顔を見合わせる。磨留屋が言葉を継いだ。

「すると、です。藤兵衛さんはやっぱり、その薬に酷《ひど》く引かれた様子だった」

多分唐薬問屋は、よくある効能書きのように、ちょいと……かなり大げさに、薬効を言い立てたのだ。今日寛朝が怒ったように、薬にはえてして、大仰な言葉がつきものであった。

しかし、だ。江戸の薬種屋達は、長崎屋の若だんなが筋金入りの病人だと分かっている。その上、藤兵衛の親ばかがいかなるものか、薬種屋仲間は承知していた。だから、そういう事だけは言わずにいたのだ。

「仁吉さんですら、なかなか治せずにいる若だんなの病だ」

一服の薬が、あっさり治してしまえる筈がなかった。

だが。増田屋は若だんなの目を見た。

「藤兵衛さんは、若だんなのおとっつぁんですから。まさか、そんな都合のよい薬はないと思ったでしょうが……でも万に一つ、本当かもしれないと考えたんだ。そうであって欲しいと、願ったって事でしょうかね」

だから藤兵衛は思わず、唐薬問屋の説明を、じっくり聞いてしまった。その上、試しにその唐薬を、己で飲んでみたのだ。

「あっ……」

「そして唐薬問屋さんは、改会所に賛成の立場でした。だから、反対している我らは、大いに慌てたんです」

藤兵衛を賛成派に取られないよう、増田屋達も、若だんなが直ぐによくなると言い立て、薬を勧めた訳だ。今日は元々、改会所の賛成派も反対派も、己達こそが薬に詳しい事を訴える為、自慢の薬をたっぷり持参していたから、一服は、それは濃いものになったという。

「そうして、多くの薬が差し出されまして。藤兵衛さんはそれは濃い薬を、沢山飲む事になっちまったんです」

それが、藤兵衛が思いがけないほど、薬を飲んでしまった顚末《てんまつ》だったのだ。仁吉が直ぐ、薬種屋達に言った。

「旦那様に勧めた薬、直ぐ長崎屋へ下さい。どう対処したらよいか、考えねば。……はあ？　何でそんなに沢山、薬が出てくるんですか？」

増田屋が慌てて、藤兵衛へ勧めた薬ではなく、実際に飲んだものだけにしろと仲間へ言うと、今度は三服しか残らなかった。

「唐薬問屋さんは、藤兵衛さんが倒れたのに魂消て、寺から帰っちまったんです」

自分が勧めた薬を飲んだら、しばしの後、丈夫そうに見えた男が倒れたのだ。

「怖くなったんじゃないですかね。ええ、わたしも、狼狽《うろた》えました」

よって最初に飲んだ一服は、ここへ出せないと増田屋は言う。そして。

「若だんな、藤兵衛さんが最後に飲んだ一服は、わたしらの手にはない。あれは藤兵衛さんが、自分の印籠《いんろう》から出したものだったんでね」

「おとっつぁんは四服も薬を飲んだ後に、どうして更に、己が持っていたものを飲んだのかしら？」

若だんなが戸惑うと、増田屋は僅《わず》かに笑みを浮かべた。

「あの薬は、若だんなの為に作ったものだと、言ってましたよ。わたしらの薬と、どちらが効きそうか、飲み比べてみるつもりだったのでしょう」

最後の一服が、一番匂いが強かったと、薬種屋達が思い出して言う。

「そう……でしたか」

若だんなは、聞いている間に涙が浮かんできて、前が見えなくなってきた。だがそのぼやけた光景の中に、仁吉の強ばった顔が見えた時、泣いている場合ではないと分かった。

8

薬種屋達に頭を下げた後、若だんなと妖達は、藤兵衛の寝ている部屋へ戻った。部屋を出ると背後で、残った寛朝が、薬種屋達に雷を落とすのが聞こえた。皆は直ぐ、正直に次第を話すべきだったと言ったのだ。

廊下で仁吉が頷き、さらりと言う。

「和薬改会所の件は、潰しておきます」

そもそも日の本で採れた薬草を一々、江戸のどこかで改めるなど、とんでもない手間だというのだ。

「既に、以前和薬改会所があった頃とは、扱っている薬の量が違いますから」

人が増え、江戸は大きくなった。今は薬草も他の薬になる品も、大量に船で運ばれているのだ。

「それを改めると無理に決めたところで、また直ぐ、改会所を閉める事になるだけです」

「うん。この話はそれで、終わりそうだ」

しかし藤兵衛が寝ている間へ戻った時、仁吉は渋い顔のままだった。そしておたえの前へ行くと、やっと藤兵衛が何を飲んだか分かったと知らせる。だが。

「おたえ様、困った事になりました。旦那様は、薬種屋達が持っていた薬を何種類かと、若だんなの薬を一服、一緒に飲んでいたんです」

「あの、仁吉。おとっつぁんが飲んだのは、全部薬だよね？　なのに危ういの？」

若だんなが、戸惑ったように横から問う。するとおたえが、仁吉へ問いを返した。

「一太郎の薬だけど。もしかしたら妖が飲むような、強い物が入っていたの？」

「あ……」

若だんなが思わず、目を見開く。若だんなの祖母は皮衣《かわごろも》と言い、齢《よわい》三千年の妖なのだ。仁吉が頷いた。

「若だんなは、おぎん様の血を引いておられるので、並の薬ではなかなか効きません。それに、間を置かず寝込むので、薬を飲み慣れておいでですし」

だから若だんなの薬は、並外れて濃いのだ。それに、四つの薬が混じったものだから、藤兵衛は目も開けられない事に、なったに違いない。

「おまけに飲んだ薬の内、唐薬は手に入ってません。大いに困ってます」

だがとにかく、飲んだ薬は大方分かった。

「これから薬効を抜く為、頑張ってみます」

仁吉は自分の印籠から、まずは若だんなの為に作った薬を取り出す。そこに増田屋達が差し出した分と、妖らが見つけてきた薬も並べた。

「この薬効を、無にするには……」

「きゅい、藤兵衛旦那が元気になったら、お菓子が戻ってくる」

その為に妖達は、仁吉に言いつけられたものを集め、布団の側《そば》に並べ始めた。皆は、疑いもせずあれこれ励んでいるが、若だんなの両の眉尻は、段々下がってゆく。

「何か薬を作るんじゃ、ないんだね。何というか……まじないをするみたいに見える」

「旦那様は今、薬は飲めませんから。それに、これ以上薬を足しても、害になる薬効が増えるだけですよ」

今必要なのは、余分なその薬効を消す事であった。

「まずは、若だんなの飲んでいる、妖縁《ようえん》の薬。この薬効を、払ってみましょう。この薬の事は、よく分かっております。払い方も、これから行うやりようで良い筈です」

仁吉は小鬼達を、藤兵衛が寝ている布団の周りに五匹、星形の頂点にあたる場に座らせる。そして、白扇の要《かなめ》に問題の薬を振りかけると、一つずつ鳴家に持たせた。

「今回はこのように、扇を逆さまに持たせます。要に集まっている薬が扇の先へ広がって、散ってくれるように」

そして仁吉は、猫又《ねこまた》のおしろと小丸《こまる》、鈴彦姫達に簡単な真言《しんごん》を教え、それを口にしつつ、猫又の踊りを踊るよう言った。

「千遍ほど、唱えつつ舞って下さい」

一方仁吉は佐助と向き合い、共に不動尊の真言というものを唱え始めた。

「若だんなの薬の薬効は、これで解けていく筈です。若だんな、おたえ様、旦那様の手を、握っていて下さいまし」

二人が必死の顔で藤兵衛に寄り添うと、妖達がくるくると、布団の周りで踊り始める。そこに兄や達の低い声が重なり、部屋の内は、僧達が祈禱《きとう》でも始めたかのような、不思議な光景に包まれていった。

(おとっつぁん、頑張って)

いつも励まされている若だんなが、必死に親の手を握る。おたえも顔を強ばらせつつ、黙って藤兵衛に添っている。

妖の影がくるくる、するする、部屋を舞っていく。その内、他の妖達が加わり、誰かの影がひっくり返り、それでも真言は途切れる事なく、いつまでも続いていった。

すると。

(あ……れ？)

じき、鳴家達が持っている白扇から、煙のような粉が、こぼれ落ちていくようになったのだ。仁吉と佐助の声が、一瞬大きくなった。妖達の舞が、早くなる。

そして。

さらにくるくる、するする、踊りが続き真言が聞こえた後、若だんなは目を見張った。

「おとっつぁんが今、動かなかった？」

その短い声と共に、藤兵衛が僅かに目を開ける。部屋内がわっと沸いた。

仁吉が急ぎ白扇を集め、側にあった火鉢にかざし、五本を燃やした。その火がぱっと燃え上がった時、藤兵衛は、はっきりと目を開いたのだ。

「お、お前さん。ああ、ああ、良かった」

おたえの頰を涙が伝う。若だんなも藤兵衛の手を、強く握った。妖達がわっと声を上げ、布団の側に集まる。仁吉が深く頷いた。

「良かった。若だんなの薬は、かなり散ったようです」

だが、しかし。

それから暫《しばら》く経《た》っても、藤兵衛はぼうっとしたままで、自分では立てなかったのだ。言葉もはっきりせず、おたえの問いにも答えない。藤兵衛はまだ、剣呑《けんのん》な薬効に捕らわれていると、見た目にも分かった。

「これは仕方がありません。我らは一服の薬効を、何とか消しただけですので」

飲んだ薬は五服。しかも妖の薬と絡《から》まり、どういう薬効になっているのか、未だ定かではない。

しかし若だんなはおたえを見ると、半泣きの笑みを浮かべる。

「おっかさん、とにかくおとっつぁんの目が覚めて、よかった」

これならば、水は何とか飲めそうであった。お粥《かゆ》や柔らかくして潰したものならば、食べられるかもしれない。

「直ぐに命が危ないって事は、無くなったんです。おとっつぁん、一段、良くなったんですよ」

　おたえは何度も頷いた。

「そうね。そうよね。よかった。本当に。この人が、あたしを置いて死んじまったらどうしようって……生きた心地がしなかった」

　五服も一度に薬を飲んだのだ。急には、元に戻らないのは仕方がない。

「でも、おとっつぁんを助ける方法が、一つあったんだもの。多分、あと四服の薬効を消す何かも、見つけられるわよね？」

　集める事より、無くす方が難しい。仁吉は先にそう言っていたが、ここで守狐たちが、仁吉にも若だんなにも断らず、勝手に返答をしてしまう。

「おたえ様、もちろんでございます」

　横から明るい声も聞こえる。

「きゅい、鳴家がいるから大丈夫。鳴家、藤兵衛旦那と一緒に、お饅頭《まんじゅう》食べる」

　丸薬よりそっちが美味《おい》しいと言うと、おたえが僅かに笑った。若だんなも頷いたが、やがて……気がつけば涙が目にあふれ、こぼれ落ちはじめた。

「おとっつぁん、私の為に、こんなになったんだ」

何年もの間、しょっちゅう寝込んでいる息子であった。いい加減、治らないと思われそうなものなのに、藤兵衛は諦《あきら》めずにいてくれたのだ。

そして息子の為に、正体の知れぬ薬を五服も飲んだ。若だんなはありがたくて、酷く胸が痛んで、でも情けなくて、また涙を流す。

しかもいい加減、疲れきっていた。だがそれでも、精一杯しっかりした声で言った。

「おっかさん、大丈夫。私は誓って、ちゃんとおとっつぁんを治してみせます」

藤兵衛はきっと、元のように元気になる。また若だんなと、笑ってくれる。若だんなはそう言い切ったのだ。

「きっと……」

ただ。

ほっとしたのだろうか。ぽろぽろ、ぽろ……。何故だか急に涙がこぼれてきたと思ったら、止まらなくなった。幾筋も流れ、泣きやまぬ情けなさに、また溢《あふ》れて落ちる。

「おとっつぁん、私は……」

親に、妖達に、もっと言いたいことがある気がした。だがどうにも、うまく言葉にならなってくれない。

すると鳴家が小さな手で、若だんなの指を握ってきた。それが嬉《うれ》しくて更に泣けてきたら、仁吉が、佐助が、大丈夫だと言って、小さい頃のように優しく背を撫《な》でてくれた。

(ああ、皆がいてくれる)

若だんなは涙をこぼしつつ、ありがとうと、やっと一言言った。

しんのいみ

1

江戸の海のかなたに、遥《はる》か遠くの異国が現れた。そういう噂《うわさ》が町に流れたものだから、多くの江戸っ子達が、海に近い深川へ向かった。

他にも、八丁堀から南東へ抜けた先の町や、永代橋などにも人が集まり、どこも祭りのような賑《にぎ》やかさになった。そして皆、海の方角へと目を向けたのだ。

すると、白い帆を張り湾へ入ってくる船の背後に、確かに大きな島が見えたものだから、海沿いの一帯は大騒ぎとなった。あんな島は今までなかった。つまり他所《よそ》の国が、日の本を攻める為《ため》、近づいてきたのではないか。そう言い出す者まで出てきて、噂話はあっという間に広まっていったのだ。

そうなると、まずは海から離れたいと、江戸から北へ逃げ出す者が多く出た。しかし興味津々《しんしん》、島を見に集まる者も尽きず、海の近くはごった返していく。そんな人々を目当てに、食い物を売って歩く振り売りや、よみうりなども海辺へ集った。

その内、永代橋の西側、大きな武家屋敷が建ち並ぶ辺りにまで、人があふれ出したものだから、奉行所へ文句が行ったのか、いよいよ町方が顔を出して来る。当然、同《どう》心《しん》と共に、使われている岡《おか》っ引《ぴ》き達も海辺へ来た。その中には、繁華な通町《とおりちょう》辺りを縄張りにしている、日限《ひぎり》の親分までいたのだ。

そうしたところ。

親分に同道してきた町人が、まずこの騒ぎを静める事になった。薬種問屋《やくしゅどんや》長崎屋《ながさきや》の手代《てだい》仁吉《にきち》は、浜から海の遥か先へ目を向けると、ほっとしたように笑ったのだ。

「何だ、外《と》つ国が攻め寄せてきたというから、確かめに来てみれば、何と言う事もない」

仁吉はいざとなったら、体の弱い若だんな、長崎屋の一太郎《いちたろう》を一番に逃がすつもりで、岡っ引きに付いてきたのだ。だが。

「日限の親分、ありゃ、ただの蜃気楼《しんきろう》ですよ」

「へ？　仁吉さん、しんきろうって……何なんだい？」

親分が首を傾《かし》げ、周りにいる者達が一斉に聞き耳を立てると、仁吉はまた笑う。そして蜃気楼というのは、古《いにしえ》よりあるものだと言って、まずは大勢を安心させた。

「蜃気楼は、〝しん〟という妖《あやかし》が見せる、夢、幻のようなものです」

　つまりあの島は、この世にある訳ではないのだ。

「あの島は夢で出来てますから、その内、消えてなくなるでしょう」

　仁吉が一旦《いったん》言葉を切ると、集まった人々の中にいた御坊《ごぼう》が、渋い顔を海へ向けつつ話を継いだ。

「確かに越中《えっちゅう》辺りの国では、時々海の上に、ああいうものを見るらしいのぉ。害があるとは聞いておらぬが」

　ただと言い、年配の御坊は、海辺へ集まっている者達へ目を向ける。

「あの蜃気楼には、これ以上近づかぬことだ」

　本来は越中でも、もっと暖かくなってから現れる幻なのだという。それが、こんな寒い時期に出てきたのだから、何か訳があるのだろうと御坊は続けた。

「あそこへ取り込まれてしまったら、江戸へ戻って来られるかどうか、拙僧にも分からぬ」

　江戸から消えたい者は、おるまいにと僧は静かに言った。

「よって万一、あの幻に呼ばれても、近寄らぬことだ。ああいうものは、興味を示す者を取り込んだりするからな」

墨衣の御坊が真剣に語ったからか、辺りは寸《すん》の間《ま》、静かになった。だが一人の振り売りが、ならば海岸から眺めればいい、消えるまでの間だと言い出したものだから、また一気に賑やかになっていく。

「木戸銭を払わなくても楽しめる、海の不思議だ。見られるのは、今だけだってよ」

振り売り達は派手に言い回ると、浜に集まった皆に、団子や酒、寿司《すし》、饅頭《まんじゅう》などど、手軽に食べられるものを売って歩く。話が広まったのか、海に浮く島を怖がっている者は、じき見かけなくなった。

「やれ、幻ならばかまわぬ。何とか落ち着いたか」

同心達が一息つくと、岡っ引きらは掏摸《すり》に気を付けろとか、武家屋敷の側《そば》では余り騒ぐなとか、海辺の者達に細かい事を伝えて行く。

一方よみうりは、先の御坊の所へ飛んで行き、謝礼を払うゆえ、蜃気楼の話をもっと聞かせて貰《もら》えないかと頭を下げた。しかし御坊は、広徳寺《こうとくじ》の寛朝《かんちょう》などより余程堅い性分らしく、銭もうけに力は貸さぬと、にべもない。

よみうりが離れると、仁吉は御坊へ、そっと声を掛けた。

「御坊、なぜあの幻に近寄るなと、わざわざ止められたのですか？」

ある日突然、江戸の海に湧《わ》いて出た代物《しろもの》なのだ。あの島は確かに、この世の理《ことわり》から外れた不思議には違いない。だが。

「害のないものかと思っていたのですが」

仁吉は奉公人の格好をしているが、その実は、神獣白沢《はくたく》、万物を知る者なのだ。御坊はやんわりと笑うと、仁吉の目を見てきた。

「あの島が、この浜にいる者を襲う事は、あるまいよ。ただな」

御坊はここで実際、幻の島へ行った者を知っていると言い出した。

「前にな、五助《ごすけ》という男が、わしを頼ってきた。息子が蜃気楼の中に、入っちまったというのだ。五助の息子は海に現れた蜃気楼に、それはそれは興味を示してたらしい」

五助はなんとしても、息子を取り戻したいと言っていた。だが、息子がどの蜃気楼にいるのか分からず、今までに二つの蜃気楼へ行ったのだ。

「だがそこには息子はおらず、五助は早々に帰ってきた。もし、江戸の海に新たな蜃気楼があると知ったら、あいつは遠方からでもやってきて、また行こうとするかもな」

今日、五助と出会っても驚かないと、御坊は言った。誰にせよ、蜃気楼へ行く時には覚悟が必要であった。行く前にあらかじめ、やっておかねばならないこともあるのだ。

「何故《なぜ》なら五助によると、ああいう島で過ごすと、物忘れが酷《ひど》くなるのだそうだ」

「おや」

「中風になったり、頭に大けがをしたときのように、全部を急に忘れてしまう訳ではない。ただ、幻の島は、不思議なほど穏やかだとか。その場がもつ優しさが、昔の思い出を刈る。前の事を思い浮かべられなくなるのだ」

その内、忘れたという事すら、思い出せなくなる者が多いらしい。昔を全《すべ》て無くしたら、もう、あの幻の島から出られなくなる。二回目の時、五助は懲《こ》りたようであった。

「あそこは、何が起きる訳でもないのに、酷く危うい地なのだよ」

それが江戸に現れたのだから、用心は必要であった。

「……知りませんでした。御坊、話を聞かせて頂き、ありがとうございます」

しかし、一つ不思議に思った事があると、仁吉は口にした。今、話に出た五助は、どうやって危うい地である蜃気楼に入り、江戸へ戻るというのだろうか。

「方法があるのですか？」

御坊は頷《うなず》く。

「蜃気楼へ行き、帰って来た者がいるから、あの地の不思議が伝わっている訳だ。余程強く願えば、蜃気楼から迎えが来ると聞いているよ。今回とて江戸から、あの幻を呼んだ者がいたのかもしれん」

しかし五助は、あの島に居続けたい訳ではない。息子を救って戻る気だから、御坊を頼り、帰る為の用意をした。

「昔からの言い伝えによると、幻の島から出るには、島の主、蜃気楼自身に頼むのが、一番の早道らしいな」

古よりの決まり通りに事を運べば、ちゃんと帰してもらう事が出来るという。ただ。

「入った島の主《あるじ》が誰なのか、それを見極めねば、そもそも頼み事が出来ない」

そして帰りたい者は、蜃気楼の名を、正しく呼ばなくてはならない。島の主の、真の名を告げる訳だ。古来、真の名には力がある。よって人でも、本名を気軽に言われる事を忌《い》む者はいた。

「蜃気楼を作る者は、一人ではない。そして一度、間違った名で呼ぶと、二度と島から出られなくなるのだそうだ」

前回もその前も、五助は用心をして、御坊から聞いていた島の主の名と、その真の名を、迷子札のように首から下げて行ったらしい。

「なるほど」

仁吉は海へ目を向けた。急に現れた蜃気楼は、今や海面から離れ、空に浮いているように見えている。

「あれは吉兆か……凶兆か」

御坊は一寸眉根《ちょっとまゆね》を寄せ、一言つぶやいてから、その場を離れていった。仁吉は、しばし蜃気楼を見つめる。

「まあ、うちの若だんなに関係なければ、よい話だ」

廻船《かいせん》問屋兼薬種問屋、長崎屋では今、主の藤兵衛《とうべえ》が伏せっている。新たな大事がなくとも、あれこれ忙しいのだ。

「これを見に来る暇が、今の若だんなになくて良かった。若だんなは最近、何だか無鉄砲だからな」

しかしここで、ふと眉根を寄せる。

「しまった。あの蜃気楼の主が誰なのか、御坊に名を聞きそびれたな」

蜃気楼は今までに、多く現れている。仁吉でもさすがに、行った事のない島の主が何者かは、分からない。

しかし御坊は既に近くにはいなかったし、そうしている間によみうりの書き手が、今度は自分の方へ来るのが見えた。仁吉は首を振ると、急ぎ人混みの中に紛れ、若だんなの元へと帰った。

2

若だんなは今日珍しくも、袖内《そでうち》にいる鳴家《やなり》達だけを連れ、町中を歩いていた。大層大事な用があったので、長崎屋が忙しい時ではあったが、後で叱《しか》られるのは覚悟で、そっと己の部屋を離れたのだ。

すると若だんなは、早々に困ってしまった。

「意を決して、部屋を出たはずだよね。なのに、その大事な用件が何だったか、どうして思い出せないんだろう？」

本当に、見事な程さっぱり、何も思い浮かばないのだ。

「一体私は、どうしたっていうのかしら」

何しろ今、どちらへ向かっているのかも分からなくなっていた。若だんなは足を止め、店が並ぶ道の周りへ目を配ってみたが、更に驚いて天を仰ぐ事になった。

「魂消《たまげ》た。ここ、どこだったっけ？」

物事を急に忘れるのは、ない話ではない。いつぞや若だんなの兄《にい》やも、色々忘れ去り騒動になったと、ふと思いつく。あの時は確か、兄やは頭に怪我《けが》をして、記憶が一時吹っ飛んでしまったのだ。

「だけど、どう考えても今、私は怪我なんかしてないよねえ」

額に手を当ててみたが、急に熱が出た訳でもなさそうだ。頭に瘤《こぶ》もない。なのに少し歩いただけで、今居る場所も、他出の訳も思い出せなくなるとは、我が事ながら気味が悪かった。

「急に呆《ぼ》けたんだろうか……」

思わず総身に震えが走ると、袖口から小鬼達が顔を出し、首を傾げる。

「きゅんわ、若だんな？」

「大丈夫だよ、小鬼……じゃなかった、そう、別の名前があったよね。ええと、今まで何と呼んでいたっけ？」

喉元《のどもと》まで出てきているのに、言葉に出来ない。若だんなは小鬼の頭をそっと撫《な》で、小さくため息をついた。

「拙《まず》いね」

これでは、家へ帰る道すら分からなくなるかもと、本気で不安になった時、若だんなは急いで、通りの端へ身を寄せた。大きな声が聞こえたと思ったら、賑やかな道を、四十くらいの男が駆け抜けて行ったのだ。近くに船着き場が見え、こんな場所があったかしらと考えていると、そこへ今度は若者が走ってきた。

「待ちやがれっ」

若者は、表は地味だが、裏地には雨の降る雲を描いた、粋《いき》な柄の着物を着ていた。それを大きくひるがえすと、若だんなの近くで四十男に追いつき、男の帯を摑《つか》む。あっさり船着き場に引き据えてから、ぎろりと男を睨《にら》んだ。

「お前さんさぁ、人の家へ、勝手に上がり込んじゃ駄目だろうが。以前、他の島へも上がり込んだって聞いたぞ！」

見つかって一旦逃げても、直《す》ぐにまた、入り込んでうろつく。

「いい加減にしねえかっ。迷惑だ！」

怒鳴られた四十男は一瞬怯《ひる》んだが、それでも若者へ頭を下げはしなかった。それどころか、若者の手を振り払うと、両の足を踏ん張って立ち上がる。

「お、おれは五助という。行方知れずになった息子を探しにきただけだ。きっとここにいる。だから坊様に助けて頂いて、来たんだ」

「人捜しの為なら、好き勝手をしても構わねえっていうのかい？　人の迷惑顧みずか」

　しかし、五助は謝らない。自分は坊様から、〃しんのいみ〃を聞いている。この島から帰る為の符帳も、この地の主の名も、承知している。だから迷惑はかけないと言ったのだ。若だんなは目を見開いた。

「えっ？　島って何のこと？　それに符帳って……」

「きゅい」

「息子を見つけたら、さっさと二人でここから帰る。放っておいてくれないか」

　若者は通りで、ため息をついた。

「ありゃ、そういう物知りな坊様がいるのか。参ったね」

　ここで若者は五助へ、ならば早々に一人で帰れと言ったのだ。

「五助さん、知り合いの坊様は物知りみたいだから、教えて貰ってるだろ？　ここへ来ると、皆、物忘れが激しくなるのさ」

　よって五助が今、何を承知していようと、その内忘れてしまうかもしれない。いや、既に危ない。当人が覚えているかは分からないが、五助はもう十日も、この辺りばかりをうろついているのだ。

「五助さん、お前さんはもう、ここで迷子になりかけてるんだ。息子さんだけでなく、自分も家へ戻れなくなりそうだな」

「そんな……確かに、長居をしては駄目だと、御坊から念を押されてるが」

肩を落とし、ようよう大人しくなった五助に、若者は海の先を指さした。

「帰れる内に、家へ戻れ。そしてもう、ここへ来ては駄目だ」

今回は無事に帰る事が出来ても、次は無理かもしれないのだ。

「あんたもそれは、分かってるんだろうに」

五助は一寸泣きそうになり、涙を溜《た》めた目を若者へ向ける。

「なぁ、息子は六助《ろくすけ》っていうんだ。あんた、ここで六助を見かけたら、伝えちゃくれないか。早く深川へ帰ってこいって。姿をみないと心配だから、おとっつぁんはまた探しにくるって」

五助は必死に頼むが、若者は首を振るばかりだ。その内低い雲の一片が、通り雨を海へ降らせているのを見ると、若者は雨が降る前に帰れと促し五助を舟に乗せた。しかし遠ざかる舟の中からも、五助は繰り返し繰り返し、息子の名を叫んでいたのだ。

「きゅんわ？」

若だんなが、その一幕から目を離せずにいると、若者はため息をつきつつ、もう一度首を振る。すると若だんなを目にとめ、さっと笑みを浮かべた。

「おや若だんな。今日はお出かけかい？」

親しげに問われ、若だんなは戸惑った。若者の名が、これまた出てこなかったからだ。

（あれ……私はこの人のこと、知ってたっけ？）

少なくとも、親しい人だとは思えない。

（私はこのお人の事も、忘れてしまったのかな。それとも、本当に縁のない人なのか）

考えても分からず、若だんなが思わず額に手を当てると、若者が急いで寄ってくる。

「若だんな、外を歩いたんで、具合が悪くなっちまったのか？　本当に弱っちいなぁ。この近くに、この喜見《よしみ》の友達がいる。そこで休ませてもらいな」

「喜見さん、ですか？　あの、ありがとうございます」

名を聞いても思い出せなかったが、若だんなは素直に礼を言った。不安がつのっていたから、一度休んだ方が良いと思ったのだ。

おまけに先程から雲が出て、一雨来そうな空模様になっていた。

「若だんな、さん、なんて要らねえって言ったのに。今日は他人行儀だね」

喜見は笑い声をあげ、友は多いと言って、小道の先へと連れて行く。脇道《わきみち》を入ってすぐの一軒へ声を掛けると返事があったが、若だんなは、その家にも見覚えがなかった。

「黒板塀のある、しゃれた作りのお宅ですね。住んでいるのは、色っぽいお姉さんですか？」

問うた途端、玄関に立つ若だんな達の前に、年下に見える童子が現れ、喜見が笑い出す。そして大層親しげな様子で、童子を坂左《さかざ》と呼んだ。

「坂左、この若だんなは友達なんだが、ちょいとひ弱でね。お前さんの家で、休ませてやっちゃくれないか」

「構わないけど。随分と久しぶりだな、喜見」

坂左という子が、妙に大人びた口調で言うと、喜見は会えて嬉《うれ》しいよぅと笑う。

「若だんな、こいつの坂左って呼び名は、この喜見が付けたんだ。ここいらじゃ、本名を名乗る奴《やつ》はいないからね」

だが用件が済み、空に雨雲があるのを見ると、若だんなを置いて、喜見はさっさと表へ出て行ってしまった。

「あれ？　喜見さんはお友達の家へ来たのに、話をしていかないんでしょうか」

何ともそっけない様子に、若だんなは、ちょいと困ってしまった。残された坂左と若だんなは初対面で、お互い、相手がどこの誰かという事すら知らないのだ。ただ。一寸の沈黙の後、若だんなは顔を赤らめる。

（いや、そういえば喜見さんの事だって、私は全く、分からずにいるんじゃないか）

ただ、喜見がこちらを知っている様子なので、離れるのが心細かったのだ。

（参ったな。今日の私は、本当に妙だ）

若だんなが玄関で立ち尽くしていると、坂左はまるで十も年上のような素振りで、早く部屋に上がれと言ってくる。そして、縁側のある部屋に落ち着いた若だんなへ、奥から湯気の立つ湯飲みを、三つ持ってきてくれた。一つが平たくて、大きい。

「疲れてるのかい？　なら、これが一番だ。甘酒。たんと飲みな」

「きゅんきゅん」

先に返事をしたのは鳴家達で、三匹が若だんなの袖口から転がり出ると、甘酒の入った大きな碗《わん》へ突進する。

「おい、こら。若だんなより先に手を出して、どうするよ」

坂左が小鬼を止めたところ、一匹がぱくりと、その指に噛《か》みついたからたまらない。

「痛てーっ」

「わあっ、鳴家、駄目だよ」

慌《あわ》てて小鬼を捕まえ……若だんなはここで、目を見開いた。今、驚いた事で、頭のどこかで迷子になっていた事が、幾つかはっきりしたのだ。

「ああ、そうだ。この子たちは鳴家だよ」

「きゅんわ？　鳴家、いっちばん」

鳴家達は嬉しげに笑った後、直ぐに甘酒を飲み始める。若だんなは坂左の顔を見つめ、柔らかく問うた。

「あの、甘酒が三つあるって事は、坂左さんにも見えているんですよね？」

小鬼である鳴家達は、家を軋《きし》ませる妖であり、人の目には見えない筈《はず》の者であった。

坂左はにやりと笑う。

「ああ見えてるよ。そもそも我も、人じゃないと思うがね。この島には妖が多いんだ」

人も妖も同じように他所からやってくるが、人は長く時を越せず、死んでしまうから残らないと、坂左はけろりとした顔で言う。若だんなは死ぬと言われた事より、他の言葉が気になって再び目を見開いた。

「今、島と言いましたが、ここは……江戸じゃないんですか？」

若だんなは先ほど五助の言葉を聞くまで、ずっと家の近所にいると思っていたのだ。

すると坂左は、眉を顰《ひそ》めてこちらを見てくる。

「おんやま。この島と江戸の差も、分からないのか。若だんな、あんたは大分、〝忘れて〟るね」

「忘れてる？」

「色々、思い出せないようじゃないか」

　言われて若だんなは、自分達の甘酒をすっかり飲んでしまい、若だんなの湯飲みを覗《のぞ》いている小鬼達を見た。

「ええ、鳴家の名前まで、出てこなくなってました。一体、どうしたっていうんでしょう」

　坂左は頷くと、それは若だんなだけの事ではないと口にした。

「ここは人の領土じゃないのさ。だから、やってくると、皆、思い出せなくなる事が増えるって聞いてるよ」

　坂左は己の甘酒を半分飲むと、残りを鳴家達へ渡してから続けた。

「例えばだ。若だんなは、竜宮城へ行った浦島太郎の名を、聞いた事があるだろ？　あいつはさ、人のいない海のどこかへ行って、忘れた口だな」

　浦島太郎の場合は、時を忘れたのだと坂左は言う。当人は忘れた事に気がつかないまま、長い間、海のどこかで暮らしていたのだ。

親も友も亡《な》くなり、故郷に知り人がいなくなって、久しくなるまで。

「人や妖によって、忘れる早さには、差があるみたいだがね。我なんぞずっとここにいるが、結構長い間、昔を覚えていたよ」

それで己は妖ゆえ大丈夫なのかと思い、油断したという。だがある日坂左は、とんでもないものを思い出せない事に、気がついたのだ。

「あの……何を忘れたんですか？」

「ああ。己は何者なのかを、忘れた」

人に坂左と呼ばれているから、名前をなくした訳ではない。ただこの島へ来る前、一体何者だったのかを、見事に失ってしまったのだ。気がつけば、なぜこの地へ来たのかも浮かんでこない。

「何と」

「おかげで、ずっとここにいる。自分の本性が分からないんじゃ、帰る先が思い浮かばないからな」

浦島太郎はよく、竜宮城から出られたものだと、真面目《まじめ》な顔をして坂左が言う。若だんなは己の事を顧みて、やはり首を傾げた。

「若だんなと呼ばれているから、お店の跡取りでしょう。でも一体どこの店の者なのか」

そして、なぜここへ来たのか。何かやりたい事があった筈だが、若だんなはそれすら分からないのだ。

（これは、とんでもない事になった）

一瞬、叱られると思ったが、自分を叱る人の名が、思い浮かばない。若だんなは童子姿の坂左を見つめ、小さな姿に頭を下げた。

「あの、この地の事で覚えている事があったら、教えて下さいませんか。お願いします」

坂左は、曇り空へ目を向けてから頷く。

「じゃあ、ここの名前から言おうか。蜃気楼と呼ばれてる場所だ」

妖が作り出している、夢、幻の国だという。

「竜宮城の兄弟分といった所かな」

「あれ？　蜃気楼って、富山の方の薬屋さんから、聞いた事がある名前です」

どうしてだか話している内に、若だんなはひょっこり思い出す事もあった。なぜそんなものの中に自分が取り込まれたのかと、甘酒を手に首を傾げる。

「それと、この家も町も、本当に江戸そっくりです。坂左さん、夢、幻の竜宮へ来たようには思えないんですけど、何故でしょう」

若だんなが困ったように言うと、妖は笑った。そして若だんなは、前にいた〝江戸〟が、好きだったのだろうと言ったのだ。

「この町は蜃気楼、つまり幻だ。若だんなが来たから一時、今まで暮らしていた江戸に似たのかもな。前は、竜宮みたいに絢爛《けんらん》豪華だったのかもしれんが……はて、忘れた」

この地へ来た訳を忘れた。

己の事を忘れた。

ここから帰る方法を忘れた。

実は分かっている以上の事を、己は既に忘れているかも知れないと、坂左は語る。つまりこの幻の地にいる皆は、何を忘れたのか、気がつかずにいる事が多いのだ。

「やれ、改めて考えてみると、我ら二人は厄介な事になってるな。これから、どうなるのやら」

浦島太郎のように、自分の事を覚えている人もいなくなるまで、この蜃気楼で暮らすのだろうか。

「いや、幻がそんなに長く、保《も》つのかね」

坂左が若だんなを見つめる。すると地震でも来たのか、その言葉に揺さぶられたかのように、辺りが少し揺れて軋んだ。若だんなが咄嗟《とっさ》に坂左と鳴家を庇《かば》い、部屋内で身を低くしていると、揺れも幻であるかのように収まって消えた。

3

鳴家達がこぼれた甘酒をなめる横で、若だんなは身を起こすと、坂左へきっぱり言った。

「一度江戸へ、帰ります。やはり幻の内にいるというのは、落ち着きません」

何の為にこの蜃気楼へ来たのか、情けなくも分からない。更に、どうやって来たのかも覚えていない。ならば一旦、仕切り直した方がいいと思ったのだ。

「良かったら坂左さんも、一緒に江戸へ来ませんか。この幻の地を離れれば、自分の事を思い出すかもしれませんよ」

その上で、この蜃気楼で暮らすのがいいと思ったら、また来ればいい訳だ。ただし次は、己の事情を紙に書いておくとか、忘れない工夫をしてから来るべきであった。

すると、御説ごもっともと言い、坂左が笑った。

「そりゃ、いいけどね。でも若だんな、江戸へ帰る方法、分かるのか？」

ここは幻の島なのだ。

「どうやって戻るんだ？」

途端、鳴家達が若だんなの膝《ひざ》から、声を上げた。そして、それは得意げに言ったのだ。

「きゅい、鳴家はいっちばんだから、分かる。舟に乗る。帰る」

先程船着き場で、喜見と五助という大人が揉《も》めた。そして結局五助は舟に乗り、江戸へ戻っていったのだ。鳴家はそれを、ちゃんと見ていたと言うと、坂左は目を見開き、若だんなと顔を見合わせる。

「ほお、そうなのか。小鬼、凄《すご》い話だな」

「きゅいきゅい」

若だんなが、言葉を足した。

「そういえば、その五助さんが船着き場で、喜見さんに言ってました。自分はある御坊から、〝しんのいみ〟を聞いている。だから戻れると」

それだけでなく、五助は帰る為の符帳や、島の主の名を承知しているとも言った。

もしかしたらそれが分かると、この幻の島から出られるのかもしれない。

「坂左さんは主の名や符帳を、ご存じではないですか？」

若だんなは期待を込めて問うたが、しかし童子は眉尻《まゆじり》を下げてしまう。

「済まん、知らん」

初めから知らないのか、忘れたのか。それすらも、今ははっきりしないと坂左は口にした。若だんなは頷くと、では喜見に符帳の事を、聞いてみようと言い出した。

「喜見に？　何でだ？」

「五助さんが符帳の話をしたとき、喜見さんは、何の事だと問いませんでした。自分もそれを知りたいとも、言いませんでした」

あのとき若だんなは、ここが江戸だと勘違いしていたから、符帳の事を五助に聞かなかった。だが、もし蜃気楼の内にいると聞いていたら、外へ出るために必要な符帳の事を、何としても知っておこうとしたに違いない。

「もしかして喜見さんは、既に何か承知してるのかも。坂左さん、あのお人に確かめておくべきかと思います」

ふたりで早々に、聞きに行きましょうと若だんなは続ける。

「なるほど……そうだな」

「坂左さんは、喜見さんの友人ですよね。あの方の住まいは、どこなんですか」

若だんなが問うと、坂左は何故だか、きっぱり首を横に振った。

「知らん」

「へっ？」

「忘れたのか、聞いてないのか、とにかく分からん。あいつと会うのは、たいていどこかの茶屋だ」

会いたいなら、歩いて喜見を探すしかないと言われ、くたびれ気味の若だんなは眉尻を下げる。一方坂左は、顔を顰《しか》めた。

「ただなぁ、あいつ、もし帰り方を知ってても、教えてくれるかな。だって俺たちが江戸へ帰るって事は、あいつがここに残されちまうって事だろう？」

喜見はきっと、そうなるのを厭《いと》う。大層なさみしがり屋だからと、坂左は言い切った。

「絶対そういう気がする。だから、あいつを残して去るのは、何か嫌だな」

まだ喜見を探してもいない内から、坂左が悩み始めたので、若だんなが苦笑を浮かべる。

「あの、悩むのは、喜見さんを捜し当てて、実際さみしがり屋だって分かってからにしませんか？　そもそも喜見さんが、符帳を知ってるかどうかも、まだ分からないし」

ただ早くしないと、若だんなも坂左も、喜見を探す事すら忘れかねないのだ。

「そうだった。迷っている場合じゃないわな」

鳴家達が「きゅい」と鳴き、坂左は若だんなを見てくる。

「若だんなも、喜見の友だよな。あいつ、日中はどこにいると思う？」

分かれば、探す場所を絞れると言われたが、若だんなは縁側のある部屋で、畳へ目を落としてしまった。

「実は私……喜見さんと会った時、名も思い出せなかったんです」

「やれやれ、若だんなも我も役立たずだ」

揃《そろ》ってため息をつくと、二人はまず町へと出て行く。一雨来そうな空模様で、坂左は出しなに傘を手に取ると、若だんなへ持たせた。

「団子を食べたいと思った時に限って、団子屋を見かけない。今、そういう気分だな」

坂左はそうこぼしながら、喜見を見かけた者がいないか、若だんなと一緒に町で聞いて回った。ところが、先刻はあっさり会えたというのに、いざ探すと、道で問うても、喜見の噂話すら耳に入ってこなかったのだ。

先刻見た船着き場には、舟すらなかった。若だんなが長屋の差配か、岡っ引きへ問おうと思いついたのはいいが、どちらも何故だか、見かけない。

そして通町によく似た町には、やはりというか、若だんなの知り人はいなかった。

「やれやれ。若だんな、こうなったら二手に分かれて探すか」

「そうですね。直ぐ忘れるんで、一人で坂左さんの家に戻れるか少し不安ですが」

「きゅい、きゅい」

それでも、このままではらちがあかないので、二人は通りで左右に分かれる。すると、鳴家達は喜見より、饅頭や焼き芋をよく見つけ、買ってくれとせがんできた。若だんなは笑った。

「いつもの江戸だったら、こんな事は出来ないけど」

屓気楼の内には、当たり前のように妖がいた。よって若だんなは小鬼達の小さな手に、小銭を持たせてみた。

「好きなものを、買っておいで」

途端、小鬼達が走り出し、若だんなは慌てて、その後を追う事になる。一所懸命辺りを探し、ようよう見つけると、何故だか飴屋《あめや》の所で胸を張っていた。

「きゅい、若だんな、いたよ」

「えっ、喜見さんを見つけたの？」

腕の内に戻って来た鳴家に、急ぎ問う。すると小鬼は首を横に振り、奥の店で、仲間の声を聞いたと言ったのだ。

「きゅい、きゅわ、鳴家達、鳴いてた」

「そういやぁ、今まで蜃気楼で、鳴家を見た事はなかったね」

若だんなが確かめに行くと、その場所は、飴売りの店の奥にある鏡屋だった。店表には看板代わりなのか、大きな鏡がどんと置いてある。さすがによく磨き込んであり、それは通りを行き交う人を映しているようだった。

だが。若だんながその鏡を覗き込むと、見えたのは、若だんなの顔ではなかった。

「鏡の向こうに、見た事のない誰かが、沢山いるみたいだ。しかも、妖だらけだよ」

映っている場所は通りではなく、部屋の内だと分かる。そこに集まっている妖達を、若だんなは目にしていたのだ。

「あれ……どこかで見たような部屋だ」

若だんなが思わず鏡に近寄ると、鳴家がきゅいと鳴いた。すると鏡の中にいる妖達が、若だんなへ一斉に話しかけてきたのだ。

「若だんなだっ。屏風《びょうぶ》のぞきが見つけたっ」

「ああ、やっと探し当てた。若だんな、どこへ行っちゃってるんですかっ」

夜が明けたら、若だんなは離れの寝間から消えていたのだと、尾が二つに分かれた猫又《ねこまた》が言う。

「仁吉さん、佐助《さすけ》さん、若だんながいたよ。鏡の向こう！」

ここで守狐《もりぎつね》と呼ばれた妖が、この鏡は大黒様《だいこくさま》からお借りした、大黒宮の御神鏡《ごしんきょう》だと言ってくる。その鏡から、あちこちの鏡を覗き込んで、妖達は若だんなを探していたのだ。

「おやま、御神鏡を通すと、こちらの様子が見えるんだ。便利だね」

若だんなが驚いていると、佐助が来たという声がして、若い男の顔が鏡に映る。

「若だんな、無事ですか。倒れてませんか。寝込んでませんか。今、どこにいるんです？」

知っている相手だという気がしたが、またまた名が出てこない。それで仕方なく、まずは今の様子を伝える事にした。

「あの……正直に言うとね、今、思い出せないことが多いんだ。前の事が、はっきりしなくなってるんだよ」

だから皆の名前がわからないので、ごめんなさいと言ってみる。妖達が、一斉に騒いだ。

「ええっ、若だんな、頭でも打ったんですか」

「怪我はしてない。この場に来ると皆、そうなるみたいなんだ」

途端、この場とはどこかと妖達が問う。

「ここは……蜃気楼の中らしいけど」

「し、蜃気楼？　最近、江戸の海に浮かんでる、あれですか？」

猫又と、人の干もののような男が、魂消た表情を浮かべる。次に鏡の中へ現れたのは、仁吉と呼ばれた男で、針のような黒目で若だんなを見つめてきた。

「藤兵衛旦那《だんな》が具合を悪くして以来、飲んだ薬の薬効を消したいと言って、若だんなは動いてました。急に蜃気楼の中へ入っちまったのは、やはりその件の為《ため》ですか？」

蜃気楼は、願う者を招くと聞いたと、仁吉は口にする。若だんなは一瞬、目を見開いた。

「藤兵衛……？」

その名を聞いて、忘れていた大事な事が、頭の中にわき上がってくる。

「それは……そうだった！　思い出した。ここに来たのは、勿論《もちろん》おとっつぁんの為だ」

若だんなはこの蜃気楼の島に、探しに来たのだ。

「は？　若だんな、一体何を探してるんですか？」

「妖だよ。その妖なら、おとっつぁんが飲んだ薬を、身の外へ出せるって聞いたんだ」

「あの……この仁吉はそんな都合の良い話を、聞いた事がありませんが」

途端、仁吉が知らぬと言うなら、その話はまやかしではないかと、妖達が声を揃《そろ》える。若だんなは、この蜃気楼の中だからこそ、夢、幻のごとく、都合のよい者に巡り会うと、耳にした噂《うわさ》を伝えた。その相手は。

「〝枕返《まくらがえ》し〟だよ。中でも、枕を返すことによって、人の命まで奪うという、剣呑《けんのん》な枕返しを探してる」

その枕返しに枕を返されると、事がひっくり返る。病人は飲んだ筈の薬を吐き出し、具合を損ねてしまう訳だ。悪くすると、しっかり体に繋《つな》がれている筈の魂も裏返り、体から離れる。それで亡くなってしまうというのだ。

「そういう怖い枕返しが、今、この蜃気楼にいるって噂を聞いたんだ」

出所は広徳寺で、藤兵衛の快復を願い寄進に行った時、天井裏から妖《あやかし》の声がしたのだ。

「おっ、ということは」

鏡の内がどよめく。つまり。

「うん。その妖に枕を返して貰えたら、おとっつぁんは、飲んでしまった薬を、吐き出せるかもしれない」

魂まで吐いては拙いから、飲んだものを全部、出す事はできないだろう。それでも若だんなは、その枕返しに、もの凄く会いたくなったのだ。どうやったら出会えるか、毎日考えた。

「すると江戸の海に突然、幻の島が現れたって聞いたんだ」

そんな時、夜の中から、そこに目当ての人がいると、誘いかけてくる声が聞こえたのだ。余りにも都合の良い話だったが、若だんなは確かめてみたくなった。

「大急ぎで、枕返しを探したいんだ。蜃気楼というのは、夢、幻だから。いつ消えてしまうか分からないもの」

そして……その後の事は、よく覚えていない。行きたい、蜃気楼へ入りたいと思い続けていたら、気がついた時、若だんなはこの島の内で、歩いていたのだ。

「ああ、ここに来た事情がはっきりしたね。多分、江戸に蜃気楼が現れたのは、若だんなが呼んだからでしょう。身の内を流れるおぎん様の血が、その思いを蜃気楼へ、強く伝えたのかもしれません」

仁吉から言われて、若だんなは鏡の前で頷く。ただ。

「枕返しの事を覚えていられなくて、まだ探してもいないんだよ」

おまけにもし見つけても、藤兵衛の枕をひっくり返してくれるかどうかは、分からない。

「やれ、大変だ」

若だんなが一瞬眉尻を下げると、鏡の向こうでは、仁吉と佐助が頭を抱えていた。そして、先程若だんなが口にしたのと、そっくりな一言を返してくる。

「子細は分かりました。でも若だんな、とにかく一旦《いったん》、江戸へ帰って下さい」

どんな訳があるにせよ、危うすぎる話だと、二人が口を揃える。

「剣呑な枕返しと会いたいのなら、我らが他のやり方を探します。若だんな、ちゃんと聞いてますか。急いで戻って下さい」

「それは……無理なんだよ。第一、戻りたくても、どうやったら帰れるのか、まだ分かってないんだ」

どうやら島の主へ、符帳を言えばいいらしいが、それが分からない。そもそも島の主が誰かも、承知していない。

「坂左さんと話し合ってね。とにかく、喜見さんを見つける事にしたんだ。何か承知かと思うんで、符帳の事を聞こうと思って。でも喜見さんも、見つかってないんだよ」

「喜見？　そいつが事の鍵《かぎ》を握っているのですか？　坂左って誰です？　符帳の事は、海辺で御坊《ごぼう》から聞いた事があります」

確かに御坊は、島の主の真の名を告げれば、蜃気楼から出られると言っていた。仁吉からその話を聞いた若だんなは、鏡に向け頷く。

「ならばまずは、符帳を探すよ。そして枕返しも見つけるね。初志貫徹、頑張ってみる」

何の為にここへ来たのか、分かって良かった。そう言い置くと、若だんなは鏡の前から離れ、道へ踏み出してゆく。

「とにかく、おとっつぁんを助けなきゃ。頑張らなきゃ」

「わあっ、若だんな、いきなり我らから離れないで下さい。まだ聞いていない事があります。坂左ってのは、どういう奴なんです？」

「きゅい、鳴家も行く」

三匹の小鬼も、若だんなへ付いていこうとする。すると、鏡の中から沢山の声が、必死に小鬼達を止めた。

「鳴家、後で羊羹《ようかん》を買ってやる。止まれ！」

「きゅわ、一切れ？」

「三匹に、一棹《さお》ずつやるから。とにかく一匹は、鏡の前に戻って来い」

一匹は若だんなの袖に潜り込んだが、二匹は残り、何故《なぜ》だか胸を張っている。

「鳴家、良い子。羊羹好き」

鏡の前で、小鬼達が大きな声を上げたが、幻の国だからか、それを誰も見とがめない。仁吉や佐助が渋い声で、小鬼達と話し始めた。

「鳴家達、これからお前さん達には、我らと若だんなの間を、繋いでもらわなきゃならん」

つまり、ここで仁吉と皆が、大急ぎで符帳が何かを考える。そしてそれが分かったら、鳴家が若だんなに伝え、蜃気楼から出ねばならないというのだ。

「符帳を承知していた御坊は、とうに、どこかへ行っちまった。だが、万物を知ると言われているこの白沢、仁吉に、分からない事があるというのも、妙な話だ」

鳴家は鏡の前で、大きく頷いた。

「きゅい、もう分かったの？　符帳、何？」

蜃気楼にまつわる事は全《すべ》て、頭の内から消えていくかのようであった。

「こ、これから思い出す。少し待て」

「きゅい、羊羹、待ってくれないかも」

それでも鳴家達は神妙な顔で、大きな鏡を見続けた。

4

坂左は若だんなと離れた後、しきりと首をひねりつつ、広い通りを歩いていた。じき、空模様が怪しくなり、雨がぽつぽつ降ってくる。最近雨の日が増えているのだ。

「喜見が見つかったとする。符帳も運が良けりゃ、分かるかもしれねえ。だが我は、この蜃気楼から出てしまって、いいんだろうか。いや、そもそも我はどうして、喜見が寂しがる事を気にするのかね」

今日、若だんなを連れた喜見と会ったが、随分久方ぶりに顔を見た気がした。つまり友人だと言っても、喜見とは縁が薄いように思えるのだ。

そして蜃気楼には、大勢が暮らしている。もし喜見がさみしがり屋なら、きっと一人でいるのが嫌で、沢山の友達を作っているに違いなかった。

「つまり、我一人くらい減っても、大丈夫じゃないのかな」

目の前で別れを告げたりすれば、その時喜見は寂しがるかもしれない。しかし多分、次の日になれば、坂左の事を思い出す時が減り、何日かすれば、自分の事は記憶のかなたになっていくと思われた。

「そうに違いない。なら何で、我はさっさとここから、出ようとしないんだろう」

今までこの島に居続けたのは、勿論、ここが蜃気楼だからだ。坂左は長く居すぎて、あれこれ忘れてしまっているのだ。

坂左の独り言が、止まらない。

「しかし我は妖だ。随分長く生きてきた筈だ」

この地にやってきた者達が、多くを忘れていく様を、坂左は見てきた筈であった。

「危ういと思って、逃げる事も出来たんじゃないか？　その間がなかった筈はない」

つまり。

「我は、あれこれ忘れちまう事を分かってて、ここに居続けたんだな」

己の言葉が耳に届くと、総身にぞくりと震えが走り、坂左は歯を食いしばった。そして……じき、得心した事があった。

「我にとって、ここは居心地が良かったんだ。この地にいれば、覚えていなくってもいいものな。都合の悪い事も、逃げ出したい事も、忘れちまったって言える」

それを誰も、不思議とも思わない所なのだ。

「それが、我がここに居続けた訳なのか……」

多くの者が、蜃気楼へ逃げ込んでくる筈だと思った。坂左は未《いま》だに、己が何者なのかすら思い出せない。なのに早くも、間違いようもなく嫌な己を見つけていた。

「ああ、嫌だ嫌だ。我は駄目だ。我が嫌だ」

一瞬、こんな事に思い至ったのは、若だんなのせいだと腹が立った。次に、その若だんなを己の所に連れてきた喜見に、文句を山と言いたくなった。

なったが……その怒りもじき、洗われた猫のような、情けないものに変わってゆく。

「己の嫌な所を忘れたきゃ、あの黒板塀の家へ、戻らなきゃいいだけだ」

若だんなを避け、しばし楽しい事だけ考えていればいい。坂左も若だんなも、じきに相手を忘れ、出会った事すら思い出さなくなるだろう。

「誰に腹を立てる事もないわな。喜見に癇癪《かんしゃく》を向けるのも、筋違いだ」

だがそう思っても、坂左は己の中に、怒りの塊が消えずにあるのが分かった。となると、つまり……。

「今、我が怒っているのは、我自身か？　そういうことか？」

寸《すん》の間《ま》声を無くして、立ち尽くす。

(何でもっと……立派で人から好かれる我じゃないんだ？　どうして違うんだ？)

駄目だ。そんなことを考えるのは苦しい。

(我の本性は、実にろくでもない奴みたいだから……喜見の事を口実に、江戸へ帰りたくないと言ってたんだ。昔を失ったのは、これ以上己を知りたくないからだな)

そうと分かった途端、落ち込んだ。これ以上自分を知りたくない。だから、もう前にも行けないと思った。

(でも、後ろにも戻れないじゃないか)

そんな心持ちになってきて、坂左は動けなくなった。

本当に、暫《しばら》く立ち尽くしてしまった。

そして。

どれ程一人で、そうしていたのだろう。坂左は突然道で、己の名を呼ばれたのだ。

驚いた事に、その声は若だんなのものでも、喜見のものでもなかった。

「あの、坂左さんですよね。やっと見つけた。済みません、少し、話を聞いて頂けないでしょうか」

現れたのは、若だんなより少し年上に見えたから、二十歳くらいの若者だ。全く見覚えがなかったが、知らぬ相手なのか、それともきっぱり忘れたのか、今の坂左には判別がつかない。

すると若者は、坂左とは初めて会ったと言ってきた。

「あ、あの、おれ、六助と言います。今日この島で、喜見さんとひと揉めした男がいたのを知りませんか。あれ、おれの親父《おやじ》です」

坂左が目を見開く。

「親父はおれを探してまして。何度も何度も、蜃気楼へ来てしまうんです。今回も無駄足を踏んだのに、また来ると言ってたそうで」

いい加減、息子の事は諦《あきら》めて、楽になって欲しい。六助はそう願っているのだ。

「それでさっきお社に行って、神様に、お力をお貸し下さいって祈りました。そうしたら、魂消《たまげ》ました。神社の神鏡に呼ばれたんです」

鏡の内からわいわいと凄い声がしたので、六助は怖くなった為、反対に鏡を見てしまった。するとそこには何故だか妖達が映っており、蜃気楼の事など、あれこれ承知していた。

「若だんなや坂左さんの名も、彼らから聞きました」

「鏡の中に、妖がいたって？」

「身内だってお人が、江戸から神鏡を使って、若だんなを探してたんですよ。神様の鏡なら、この蜃気楼にも通じているようで」

「へえ……」

「あの、あの。坂左さんは今、喜見さんを探してるでしょう？」

六助は、この島で喜見を急に探し始める者が、時々現れる事を知っていた。そしてそういう者は、蜃気楼から出ようとしていることがほとんどだという。

「へっ？　島を出たい者は、喜見を探すのか」

驚く坂左に、六助は頷く。

「坂左さん、江戸へ帰るなら、向こうでおれの父親に会って、伝えて貰えませんか」

そろそろ、六助を諦めるようにと。

「蜃気楼に六助が居るというのは、嘘《うそ》だとか、いっそ死んだとか、何とでも好きに言ってくれていいですから」

坂左には手間を掛ける事になる。だがその代わり力を貸すと、六助は言うのだ。

「以前、この島から江戸へ帰った人を見たんで、おれは知ってます。ここを出る為には、まず喜見さんに会わなきゃいけない。そして、符帳を言う必要があるんですよ」

符帳というのは、実は喜見の真の名なのだ。

「呼び名の喜見じゃありません。真の名はおれも、知らないんですが」

でも、この話だけでも聞いて良かったでしょうと、六助は言ってくる。ここで坂左は、六助を睨《にら》んだ。

「納得いかねえな。島から出ることに、何で喜見が関わるんだ？　それ、本当の事なのか？」

「仁吉さんいわく、喜見さんは結構素直に、己が何者かを名乗っていたようなんです。蜃気楼には別の名がある。喜見城《きけんじょう》というらしいんですよ」

「き・け・ん・じょう？」

直ぐに、きけんという字は、喜見《よしみ》と同じ字を書くのだと考えついた。つまり友はこの地の名を、己の名にしていたのだ。

「しかし……喜見が島の主《あるじ》かもしれないと、噂になった事はないぞ」

「坂左さん、気がついた人はいたと思います。だから、蜃気楼から帰った人がいるんです」

しかし喜見が蜃気楼の主だと分かる前に、大概は物忘れに取り付かれるのだろう。だから、真の名まで探す者は少ない。この地から帰る者は少ないのだ。

(我は気づかなかった)

坂左は顔を顰め、童子の己より、ぐっと背の高い男へ目を向けた。

「この蜃気楼に居るってのに、お前さんは忘れず、色々承知してるみたいだ。六助さん、そこまで分かってんなら、お前さん自身が頑張って、喜見の真の名を手に入れなよ」

そしてさっさと、家へ帰ったらいい。五助が求めているのは、帰って来ない息子の噂話ではなく、息子自身に違いなかった。すると六助は顔をゆがめ、眉尻をぐっと下げる。

「そりゃ出来るんなら、そうしますけどね。おれにゃ、無理なんです」

何故なら。

「おれがこの蜃気楼へ来たのは、海で溺《おぼ》れたからなんで」

漁に出ていた時、高波が来て、六助は舟から落ちてしまったのだ。同じ舟にいた父親は、六助を助けられなかった。つまり、だ。

「おれはとっくに、溺れ死んでいるんです。そしてまだこの世に魂が残っている内に、この島へ流れ着いたようで」

ここは幻の島、夢の中にある蜃気楼だから、六助はこうして、昔と同じように暮らしている。しかし江戸に向かったら、六助はあの世へ行くしかない。江戸へ帰りたくとも、その道を選ぶ事は出来ないのだ。

「参った。本当は六助も、帰りたいのか」

坂左の総身が、ゆっくりと震えてくる。

「我の前に、帰りたくても帰れない者がいる。若だんなも帰りたがってる。だけど我は……我の場合は」

「だから、お互いに力を貸しませんか？」

六助は、坂左が話に乗ると思っているようで、こちらを見つめてくる。坂左は、若だんなだったら、良いと思うに違いないから、話してみろと言ってみた。だが。

「仁吉さんによると、若だんなは父御《ちちご》を救う為、枕返しを探しているとかで。だから、他の用は頼めないんですよ」

六助は困った顔で言う。

「父御の枕を、ひっくり返して貰いたいんだとか。飲み込んだ悪い薬を、ひっくり返して、外へ出して欲しいんですよ」

「おや、皆、いろんな事情を抱えてるな」

坂左は、小さく笑い出してしまった。

「坂左さん？」

「いや、済まん。お前さんを笑った訳じゃない。済まん」

坂左は今、己を笑ったのだ。何故ずっと、喜見の事をさみしがり屋だと思っていたのか、ようよう分かった気がした。

「我が去ると、あいつが可哀相《かわいそう》だ。だから、この地に居なければならない。それを言い訳に、我はここに居続けたんだ」

しかし、真実はそれと逆さまであった。きっと寂しいのは喜見ではなく、己だ。

「正直に寂しいと、言うことも出来なかったのか。我は、余程情けない奴《やつ》だな」

やれやれと言い、坂左は口元をゆがめる。そしてこの地には、こんな思いを抱えた者が、多く来ているのではないかと思いつく。

「そんな情けない思いが重なって、この島内から、昔の記憶を消しているのかもな」

だから本心は帰りたい六助は、以前の事を覚えているのだろうか。それとも死んだ者には、時が流れないのか。坂左はそうつぶやくと、六助を見た。

「我は、お前さんの父親、五助には会いに行けないよ」

「えっ？　どうして……」

「我にはここ以外、帰る場所はなさそうだ。己が何者であったのかは、まだ思い出せん。だが、出て行きたくはないと分かった」

つまり、江戸へ帰る事はない。そう口にすると、六助は黙り込んでしまった。その内空が光って、稲妻が走ったのが分かった。一層空模様が怪しい。

「もう、喜見を探す事は止《や》めるよ。若だんなに出会ったら、そう伝えておいてくれや」

坂左がそう言い切った時、いきなりざあっと、大粒の雨が降ってきた。最近、梅雨の走りのように、曇りや小雨がちの毎日が続いていたが、いよいよ大雨が島に降るのかもしれない。

坂左は濡《ぬ》れるのも構わず、その場から離れていった。

後に残した六助の呆然《ぼうぜん》としている様子が、目の端に入った。

5

一つ、喜見を見つけ、この蜃気楼から出る手立てを得る。

二つ、枕返しを見つけ、一緒に江戸へ来て貰って、父藤兵衛の枕をひっくり返してもらう。

若だんなはこの二つを忘れないように心がけ、蜃気楼中、喜見と枕返しを探し回った。もっとも喜見の顔は分かるが、枕返しの方はどうやって見つけたら良いのか分からない。

その上、夢、幻の島だというのに、またもや雲ゆきが怪しくなってきて、若だんなは早めに、屋根のある近くの茶屋へ避難した。

するとそこへ鳴家《やなり》達が帰って来て、袖内の妖が三匹に増える。鳴家達は大層嬉《うれ》しそうに、〝仁吉から聞いた〟事を、若だんなへ伝えてきた。

「仁吉さん、きゅい、白沢《はくたく》の名にかけて、色々思い出してるんだって」

そして、掛けるならお砂糖がいいと言ってから、仁吉を真似《まね》た口調で話し始める。

「若だんな、きゅべ、枕返しにこだわっている場合では、ありません」

そしてまず、この蜃気楼の主について、喜見であろうとの話を告げてくる。

「次に蜃気楼から戻るための、符帳の方ですが。二つに絞るところまで来ました。ですが、どちらなのか、答えが決まらないんですよ」

大きな島を作る程の蜃気楼の主として、仁吉はこの名を思い出したそうだ。

「きゅんわ、気を吐き蜃気楼を為《な》す者として、まず、大蛤《おおはまぐり》の名が囁《ささや》かれています」

その真の名は、車螯《しゃごう》。吐いた気で楼閣を為すと言われており、貝が多くいる江戸の海に現れたのは、この者かもしれない。

「蜃気楼の主と言われるもう一人は、きゅん、コリュ……蛟龍《こうりゅう》です」

その真の名は、蜃《しん》。幼い龍の一種だとされ、みずちだとも言われている。長き時を過ごした果てに天へ昇り、龍となる者だと言うのだ。こちらは江戸へ現れた訳を、推察出来ないという。

「若だんな、正しい蜃気楼の主に、その地から出たい旨《むね》を告げ、符帳である真の名を、告げねばなりません。きゅわ、そうすれば、帰る事が出来ます」

しかし、ただ一つの答えを選ぶのには、剣呑さがつきまとう。海辺に居た御坊は、蜃気楼で一度答えを外すと、二度と島から出られぬと言っていたのだ。

「ですから若だんな、間違うことは許されません」

どちらが江戸にある、あの蜃気楼の真の名か、調べがつくまでもう少し待ってくれと言う。

「了解。鳴家達、頑張ったね。ありがとうよ」

「きゅい」

ただ若だんなは、喜見は探し続けると言ったのだ。

「だって、もし真の名が分かったら、どうせ喜見さんに会わなきゃいけないもの。直《す》ぐに会えなかったら、せっかく名を見つけても、忘れちゃうかもしれないし」

「きゅんげ？」

仁吉は若だんなに、休めと言ってる気がするが、若だんなは喜見を探すついでに、やはり枕返しも探したかった。

「それに、そろそろ坂左さんにも会いたい」

得た事を、互いに知らせておきたいのだ。それで、通りかかったお社へ入り、見かけた鏡を覗《のぞ》き込んで、妖達に坂左の居場所を知らないか聞いてみた。きっぱり首を横に振ったのは、人の干もののような見てくれの者、金次《きんじ》であった。

「若だんな、その坂左ってぇ奴は、誰なんだい？」

若だんなが、坂左当人も、己が何者なのか忘れていると言うと、金次は口元をひん曲げた。

「若だんな、あっさり考えたら、そいつが誰だか、分かるんじゃないか？」

喜見と喜見城のように、妖の名は素直なものも多いのだ。金次だとて貧乏神ゆえ、金の字が名に入っている。そう言われて、若だんなは目を見開いた。

「金次さんてば、貧乏神だったの？」

「若だんな、今更何を言ってるんだ！」

だって、忘れているからと若だんなが言いかけたその時、また地が揺れた。鏡が落ちそうになり、鳴家達がそれを摑《つか》む。

「きゅげっ」

若だんながその鳴家を摑んで、何とか落とさずに済んだが、しかし地震なのか揺れは続いた。若だんなが社の端で鳴家と一緒にしゃがみ込むと、鏡の向こうにいる妖達は、建物が崩れないかと気を揉む事になった。

「きゅわ、きゅげ、きゅべ、ぎゃーっ」

鳴家達が怖がって鳴き出した頃、揺れは収まっていったが、今度は天の底が抜けたのではないかと思う程の豪雨が、辺り一面を打ちはじめる。

「わっ、凄い」

強い雨が、外の景色をぼんやりしたものに変えてしまった。若だんなは、喜見を探している坂左が、濡れていなければいいがとつぶやく。すると鏡からまた声が聞こえた。鳴家が若だんなの無事を告げると、金次はこう言って来たのだ。

「若だんな、その坂左さんだが、やっぱりそいつも、名を体で表しているんじゃないか」

「何が分かったの？　坂の左側に住んでる妖、という事なのかな？」

「そういう妖の事は、聞いた事がないぞ。いや若だんな、もっと簡単に考えなよ」

江戸では湯屋の表に、弓と矢が掛けられている。弓射《ゆい》る、湯へ入るのもじりだ。となれば、坂左は……逆さの座かなと、金次は考えてみたと言う。

「つまり坂左ってぇのは、ひっくり返すぞっていう名なのかもな」

ということは。

「金次、もしや坂左さんは、枕返しだって言ってるの？」

若だんなが鏡に見入る。

「若だんなもそう思うか？　いや、大いに有り得るとは思わねえか？」

わざわざ、己は〝逆さの者〟だと名乗っているのだから。若だんなは鏡を見つめた。

「坂左さんの名は、喜見さんが付けたんだ」

「喜見ってのが、蜃気楼の主なんだろ。なら本性を知って、名付けたのかもしれねえな」

鏡の内で金次が頷《うなず》く。

「つまり、若だんなは探してた枕返しに、とうに出会ってた。そういうことなんじゃないかい？」

「そう……なのかな」

証《あかし》はないが、有り得る話だった。見つかっていたのなら嬉しいと、若だんなは鏡へ笑みを向ける。だがじき……社から見える外に、先が見えない程の雨が降っているのを見ていると、何か、もやもやした思いが湧《わ》いてきた。

「喜見さんは、喜見城。坂左さんは逆さまだから、枕返し。何でそんなに、簡単なもじりになっているのかしら」

多くの人を飲み込んだあげく、遠い地から江戸へ姿を移した蜃気楼。二人は真の名を隠している筈《はず》なのに、何故こんなにも分かりやすく、あっさりとしたものなのだろうか。

これではまるで、最初から、答えを用意しているかのようであった。

「何だか、妙に納得いかないというか。何かが引っかかっているというか」

ここまで分かりやすく、納得しやすい話だと、却《かえ》って名の後ろに、何か別の理由がありはしないかと、勘ぐりたくなる。

「そういえば、私を坂左さんに引き合わせたのも、喜見さんだった」

そして坂左の呼び名を決めたのも、喜見だ。気がつけば色々な事の真ん中に、喜見がいた。
「当たり前か。喜見さんは蜃気楼、この幻の島そのものなんだから」
ならば喜見はなぜ、分かりやすい名を蜃気楼で示しているのだろうか。若だんなが
つぶやくと、驚いた事に、金次が本当にあっさり、鏡の内から答えを返してきた。
「そりゃ、簡単なものは分かりやすい。引かれもするだろうし。若だんなだって、枕
返しがいるって話に引かれて、あっさり蜃気楼へ行っちまったじゃないか」
「そ、そうか」
言われてみればその通りで、返す言葉がない。
「つまり喜見さんは、皆が求めているものを、分かりやすく見せて、この地へ引き寄
せているんだ。蜃気楼である喜見さんは、さみしがり屋みたいだ」
若だんななら、妖、枕返しがいるとなったら、島へ向かう。行方知れずの息子が、
五助を引き寄せていた。昔を思い出したくない者なら、この蜃気楼は、心よりほっと
出来る所かもしれない。
ただ。その蜃気楼が、なぜ突然江戸へ現れたのか。どうして急に、居心地の良くな
い大雨に、この地が包まれているのか、若だんなにはまだ、それは分からなかった。
「雨が強くなってきてる。これじゃ傘をさしても、役に立ちそうもないや」

「雨、そんなに強く降っているんですか？」

今度は仁吉の声がしたので、鏡を表へ向け、大きな滝のようにも思える雨足を見せてみた。

すると。それを見た仁吉が、顔を強《こわ》ばらせたのだ。口をぐっと引き結ぶと、急ぎ佐助を呼ぶ。二人はしばし話し合った後、若だんなへ声を掛けてきた。

顔が、怖かった。

「若だんな、この蜃気楼の主が、大蛤と蛟龍のどちらなのか、今、分かりました」

「おや仁吉、急だね」

「蜃気楼の主は、蛟龍の方です。ええ、間違いないでしょう」

「どうして分かったの？」

「そちらに降る、不思議な程に強い雨です。それは多分、〝蛟龍雲雨《うんう》〟ではないかと」

蛟《みずち》は雲を得、雨に乗って天に昇り、龍となるのだ。

「多分今、いよいよ天へ昇る時が、蜃気楼の主に来ているんだと思います。その滝のごとき雨は、天へ蛟龍を招く雨の道です」

「なら……程なくこの夢、幻の島は、消えて無くなるの？」

蜃気楼を生み出す蛟龍が、天へ消えようとしているのだ。

「となると、この島に集まっている者達は、どうなるのかしら」

鏡に問いを向けたが、これという決まりはないのか、仁吉も首を傾《かし》げている。龍がさみしがり屋であるなら、天へ伴う気かなと金次が言うと、妖達が一斉に騒いだ。

「若だんな、直ぐに帰ってきて下さい。雲の上へ行っちまったら、落ちちゃいますよ」

「屛風のぞき……だったっけ、そもそもそんな高い所へ、どうやって行くのかしら」

こうなったら早く喜見に会って、蜃気楼から出なくてはならない。

「酷《ひど》い雨だけど、止むのを待ってはいられないね」

若だんなが傘を手に取ると、鳴家達が袖《そで》に飛び込んだ。

6

若だんなは最初、喜見を何とか探し出し、ちゃんと考えを告げ、真実を問うつもりだった。だからまさか、自分が大騒ぎの元を作ってしまうとは、欠片《かけら》も思っていなかったのだ。

大雨は降っているし、鳴家達は一緒だ。喜見と会っても、勿論喧嘩《けんか》などするつもりはない。出来るならば、一度話をしてみたい事もあった。蜃気楼の成り立ちとか、集っている人たちの事とか、仁吉は知りたがる気がした。

そして勿論坂左と会い、枕返しなのかを確かめた上で、藤兵衛を助けてもらえないか、頼むつもりであった。

ところが。

まず驚いたのは、雨の下へ出ると早々に、若だんなは、喜見を見つける事が出来たのだ。周りで騒動が起きていて、直ぐ喜見の居場所が分かった。最初に見かけた、船着き場近くにその姿はあったのだ。

(喜見さんはやはり、この蜃気楼の主、蛟龍に違いない)

若だんなはそう感じた。遠くは見えにくい程の雨の中で、喜見は傘などささず、ずぶ濡れになっていたからだ。

(拙《まず》い。程なく天へ昇ってしまいそうだ)

そうなったら、どちらへ足を踏み出したら戻れるのか、道が分からなくなってしまう。若だんなは意を決すると、帰り道だけは聞いておかねばと、思い切って喜見へ近づき、大きな声で伝えた。

一つは、急ぎ江戸へ戻るつもりだということ。

そして、この島の主、蜃気楼は喜見であり、蛟龍がその本性だということ。

三つ目、真の名は〝蜃〟だと告げたのだ。

「これで、帰る道は開きますよね？　蛟龍が龍となって、天へ消える前に」

江戸の海から、不思議な島がなくならない内に。若だんなが必死に問うたその時、知った姿が、横手の方に居るのが分かった。

「坂左さん？」

よく考えてみれば、目の前の船着き場は、坂左の家の直ぐ近くであった。

「家へ帰ってたんですか」

もし、直ぐにも帰り道が示されるのなら、急ぎ坂左の本性を問い、藤兵衛の事を頼まねばならないと、若だんなは焦《あせ》った。

喜見は若だんなを見はしたが、それより大雨が気になる様子で、口を開いてはくれない。一方坂左は、若だんななど構わず、喜見へきつい眼差《まなざ》しを向けていた。

「喜見、お前、龍となって天へ消えるとは、どういう事だ？　この蜃気楼の島がなくなるとは、何の冗談だ？」

坂左は怖い顔で喜見を見ている。するとこの地の主は、ゆっくりと坂左へ目を向け、にこりと笑ったのだ。

「皆といた長い年月は、楽しかったな。うん、私は一人より、多くの者といる事が好きだった」

だから。喜見はどちらでも構わないという。

「我に従って、雲の先へ行くもよし」

龍となり、いずれは龍王となるなら、従う者達も必要だろう。そして。

「今、若だんなが帰り道を開いた。だから、そちらへ向かう者もいるだろうさ」

江戸へ続く道だ。

「ああ、良かったな。誰もが、好きな方を進める」

坂左は、顔を赤くした。

「我は天へなど行かないぞ。江戸へ帰りもしないぞ」

ここに居たいのに。なぜ勝手に、島が消えてなくなるというのか。坂左がわめくように問うと、喜見は怖いような笑いを浮かべた。

「行くも帰るも出来るが、留まる事だけは無理だな」

突き放され、坂左の顔が引きつっている。喜見の声は、更に険しくなった。

「何故ならここは、夢、幻の島だからな。夢はやがて消えるものだ」

喜見の姿が段々、激しい雨に包まれ、見えづらくなってゆく。するとこの時、雨に紛れ、近くから六助が現れ、喜見ではなく坂左へ取りすがった。

「あの、もし江戸へ帰るんなら、もう一度お願いします。父の五助へ、もう無謀はしないように、伝えちゃくれませんか」

蜃気楼が消えかかっていた。こうなったら、一旦死んでいる自分がどうなるか、六助にはもう分からない。だから、頼むと言ったのだ。だが。

「我に、これ以上何かを背負わせるなっ」

坂左がわめき声を上げ、ここで思い切り、六助の足を払った。「わぁっ」という声と共に、大雨で川のように水が流れる地に、六助の体が背から落ちる。身を打ち付け水が跳ね上がると、若だんなは思いもしなかった程の、大きな音を聞く事になった。

「ぐっ、え……」

ところが不思議な事に、総身を打った途端、六助は顔に血の気を取り戻し、何故だか早々に身を起こしたのだ。すると大雨の中、更に姿が見えにくくなった喜見の、声だけが笑うように辺りに響いた。

「ああ、坂左の本性は、とんでもなく恐ろしい枕返しだったな。坂左、思い出したか？　蹴飛《けと》ばされた六助の魂は、ひっくり返って、その身の内に返ったのかな」

喜見の声は、いよいよかすれてゆく。雨はもう塊のようになり、若だんなの傘を破り、必死の声を押し流していく。それでも若だんなは、坂左へ叫んだ。

「坂左さん、あなたを探して、ここへ来たんです。坂左さんじゃなきゃ、駄目なんです」

「は？　……我を求めてるって？」

父、藤兵衛の枕を、一度ひっくり返して欲しい。その為《ため》に、喜見について天へは行かず、江戸へ戻ってくれないか。

「勝手だと分かってます。でも、頼りは坂左さんだけだっ」

他の誰にも頼れない。若だんなはずぶ濡れになりつつ、もう一度声を張り上げた。

だが、もう坂左も喜見も、雨に遮られ姿が見えなかった。

「お願いします。わぁっ」

その時、雨の塊に地へ打ち付けられた。本当に、周りの全てが雨になったようで、何も見えなくなった、その瞬間。

一帯が、全て白くなったのだ。

一条の光が、天へ向かって昇っていく。

周りじゅうが、その光に包まれたかのように思えた。若だんなにはもう、何も分からなくなってしまった。

若だんなはずぶ濡れになって、長崎屋へ戻ってきた。鳴家と共に小さな舟に乗って、長崎屋近くの船着き場へ漂ってきたのだ。

今度こそ駄目かと思う程、熱が上がり具合が悪くなって、仁吉の目がつり上がった。そしてその日、誰かが藤兵衛の枕をひっくり返し、長崎屋では更に一騒動起きた。

だが、何故だか藤兵衛の病は、その時を境に、一段軽くなったのだ。

「なんとまあ。あの枕返しのおかげでしょうか。坂左は江戸へ戻ってきたようですね」

仁吉は、ありがたいことだと言い、藤兵衛に出す粥《かゆ》を少し濃くすると言う。

「ああ、良かった」

若だんなが寝間の布団《ふとん》の中で、やはり蜃気楼へ行って良かったと漏らすと、仁吉が持ってくる薬湯が、こちらもぐっと濃くなっていた。

色々聞きたい事、言いたい事もあるが、今は声を出すのが辛《つら》い。代わりに妖《あやかし》達が、離れで布団を取り囲むと、噂話《うわさばなし》をしていってくれた。

まずは、屏風《びょうぶ》のぞき曰《いわ》く。

「江戸の海に浮いてた蜃気楼だが、雨の日に消えたって聞いたよ」

「ただの楽しみが減ったと、海岸近くに集っていた振り売り達が、がっかりしているらしいですよ」

　おしろがそう話を続けると、金次が横で首を傾げた。

「あの六助って若いのは、どうなったのかね。本当に魂が身に返って、江戸へ戻れたのかな」

「それは、どうでしょう。死人が長屋へ戻ったら、大騒ぎになって、噂が聞こえてきそうなものですけど」

　答えたのは付喪神《つくもがみ》の鈴彦姫《すずひこひめ》で、周りの鳴家達が頷いている。若だんなは、六助が江戸へ戻ったかもしれないと感じていた。

「こほっ、自分が親の五助なら、六助が戻って来たら、引っ越す。直ぐに、とても遠くへ」

「そうすれば、静かに暮らせるでしょうね」

　かゆを運んできた佐助がそう言うと、皆が、我も食べると言ってから頷く。そしてそれからはてんでに、島に残っていた者達がどうしたのかとか、なぜ喜見は若だんなを蜃気楼へ呼んだかについて、勝手な考えを話し出した。

「げふっ、色々な考えがあるなぁ」

蛟龍は今、天で龍と化し、島に居た者達を、随身として連れているのかもしれない。ひょっとしたら島にいたほとんどの者が、江戸の地を踏んだということも、有り得た。島と共に、消えた者はいたのだろうか。

(確かめようもない話か)

仁吉は今度の事に懲《こ》りて、もう若だんなに、勝手をさせないと言っている。妖達は苦笑を浮かべているし、若だんなは嫌と言う力も、今のところ出てこない。

ただ、一つ気になっていた。

「坂左さん、どこへ行ったのかな」

藤兵衛の枕を返して、薬を吐かせてくれたのだ。きっと江戸へ舞い戻っているはずだ。

「うちへ、顔を見せてくれればいいのに」

屏風のぞきは、恐ろしい枕返しだという話を聞き、若だんなの枕も返されるのではないかと、心配している。だが若だんなは、やはり会いたい。

「ま、貧乏神がいる店だ。枕返しが来ても、若だんなは今更怖がったりしないか」

それでも当の妖は、姿もない。

「その内、どこかにいると噂を聞いたら、連れてきますよ」

猫又のおしろが請け合ってくれる。横で、佐助がぼやいた。

「結局今回は、蛟龍が昇天し、龍と化す時の騒ぎに、巻き込まれたという事ですかね」

それに、藤兵衛を救いたいという若だんなの気持ちが、絡《から》まってしまったのだ。

「若だんな、しばらくは気合いを入れて、休んでいて下さい。旦那《だんな》様は話せるようになって、若だんなを案じておいでですよ」

「ありゃ、病人のおとっつぁんを心配させては、駄目だよね」

若だんなは頷くと、鳴家達が始めた蜃気楼での話を、寝ながら聞いていることにした。湯の沸く音、笑い声が部屋に満ちるころ、若だんなはゆっくりと眠りに落ちていった。

ばけねこつき

1

江戸は通町《とおりちょう》にある廻船問屋《かいせんどんや》兼薬種問屋《やくしゅ》、長崎屋《ながさきや》の帳場には、最近よく若だんなが座っている。

店では当主である藤兵衛《とうべえ》が病を得て、まだ本復していなかった。若だんなは、跡取りとして役に立ちたいと、日々、真面目《まじめ》に頑張っているのだ。

すると、長崎屋に多く棲《す》みついている妖《あやかし》達は、こちらも日々気合いを入れて、若だんなの心配をする事になった。

「きゅい、鳴家《やなり》も心配する。大福食べる」

手代《てだい》である二人の兄《にい》やなど、若だんなが長く店表へ行くたびに、眉間《みけん》に皺《しわ》を寄せている。今朝も離れで若だんなの食事を出す間中、ずっと心配を口にしていたのだ。

「このままでは旦那《だんな》様だけでなく、若だんなまでが、また寝付くかもしれません。若だんな、毎日働くのは大変ですよ。たまに働くくらいが、よいのでは？」

よって今日は休んだらいい。いや、十日ほどゆっくりしたら、調子もよくなるのではないかと、まずは佐助《さすけ》が言う。すると仁吉《にきち》は納豆汁片手に、それでは足りなかろうと言ってきたのだ。

「一月程《ひとつき》ゆっくりされたらいいと思いますが」

最近二人は、若だんなが休むべき日の数を、段々長くしていた。

「若だんなの調子が良ければ、江戸も日の本中も、安泰になりますから。何でかって？　そういうものです！」

「仁吉、佐助、私だって、毎日律儀《りちぎ》に倒れている訳じゃない。心配のし過ぎだよ」

余りに兄や達の気遣いが積み重なるので、若だんなはちょいと意地になって、今日は帳場に居続けた。人に見えない妖、鳴家達を膝《ひざ》にのせ、せっせと算盤《そろばん》を入れていたのだ。

すると。

驚いた事に、勤めを邪魔するものは、妖の他にも現れた。今度は表からやってきたのだ。

「きゅい、若だんな。あの人、こっち見てる」

鳴家に言われて算盤から顔を上げると、店表の土間に立ち、若だんなを見つめてきているお客達と目が合った。年配の男と若い娘、それに奉公人らしき三人連れで、娘は、何故《なぜ》だか随分と着飾っている。

（おや、あのお客方、少し変わってる）

若だんなは首を傾《かし》げた。薬種問屋長崎屋のお客は、小売りの薬屋や医者など、薬を扱う玄人《くろうと》が多いのだ。しかし三人のお客は、とてもそういう者には見えなかった。

勿論《もちろん》小売りもしているから、評判の薬種問屋を頼り、名代《なだい》の薬を買いに来るお客もいる。だが三人は揃《そろ》って元気そうな上、華やかななりをしていた。

（患《わずら》っている家族を、抱えているようには見えないなぁ）

この時若だんなは、年配の男と目が合った。すると男はさっと畳敷きの店表の端に腰掛け、こちらへ身を乗り出してくる。そして思い切り愛想の良い顔を、若だんなへ向けてきたのだ。

「あの、帳場においでなのは、長崎屋の若だんなでございましょうか？　そうですよね。ああ、直《す》ぐにお会い出来て良かった」

男は己の事を、染物屋を営む小東屋《こひがしや》という者だと話し始めた。後ろにいるのは娘のお糸《いと》と、番頭の浩助《こうすけ》だという。

「当方はですね、若だんなに大事な用件がありまして」

その為《ため》に神田から来たのだと、小東屋は続ける。

「ですから急な事ですが、静かな所で、話をさせてはいただけないでしょうか」

「なんと、遠くから来られたんですね」

どうして遠い長崎屋へ来たのか分からず、若だんなは戸惑った。この店へ来る途中、ずっと神田に近い辺りにも、高名な薬種屋はあるからだ。その上お客は人に聞かれたくないのか、店表で話を始めなかった。

「ぎゅい、妙な奴《やつ》」

膝にいる鳴家達が、小声で唸《うな》っている。側《そば》に来た仁吉も胡散《うさん》臭く思ったのか、では奥へどうぞとは言わない。他のお客達は黙っているが、時々、興味深げにこちらを見てきているから、話は聞こえているのだろう。小東屋は言葉に詰まり、薬種問屋の店表は、寸《すん》の間《ま》静まってしまった。

するとこのままではどうにもならないと思ったのか、後ろで大人しく立っていた奉公人が、まずは浩助と名のってから語り出した。

「あの、長崎屋の若だんなさんに申し上げます。旦那様がお話ししたいのは……縁談です。今日はお糸お嬢さんとのお話を、持って来られたのです」

「はっ？」

「きょんわ？」

そう言われれば、小東屋の娘が華やかな格好をしているのも、腑《ふ》に落ちる。店表がざわめき、薬種問屋にいた皆が一斉に、お糸を見つめた。

すると娘の頰が赤くなり、じき、泣きそうになってくる。困ってしまった若だんなは、仁吉へ目を向ける事になった。

「その、急に思い立って来ましたのに、奥へ通して頂いて、ありがとうございます」

しばしの後、若だんなは小東屋の者達と、店奥の六畳間で顔を合わせていた。縁談という言葉が出て店表が騒がしくなったので、さすがに拙《まず》いと、仁吉が場を奥へ移したのだ。

だが、一応茶など出しはしたものの、客を見る仁吉の眼差《まなざ》しは厳しい。

「その、先程そちらのお連れが、思わぬお申し出を口にされましたが。ほお、小東屋さん、本気だと仰《おっしゃ》るのですか」

確かに、わざわざ娘を同道しての話で、不真面目なものとも思えない。

（でも縁談なら、何で仲人《なこうど》さんを寄こさないんだろう？）

若だんなが首を傾げていると、今日の仁吉は遠慮もなく動いた。主《あるじ》は今病身であるゆえ、若だんなの兄やである自分が返答すると言い、早々に小東屋へ否《いな》と告げたのだ。

「その、手代さん。長崎屋さんへ、話を通して頂くべきかと思いますが」

「小東屋さん、若だんなには既に、許婚《いいなずけ》がおられます」

中屋《なかや》の於《お》りんという娘御《むすめご》だと、名を教える。

「ですから、他の縁談を受ける訳にはいかないのですよ。娘さんの縁談相手には、別の御仁《ごじん》をお探し下さいまし」

取り付く島もない言い方であった。小東屋は両の眉尻《まゆじり》を下げる。

「実はですね、端《はな》は仲人から、こちらへきちんと、縁談を申し込んで貰《もら》おうとしたんです。ところが長崎屋の若だんなには、もう相手がいると断られまして」

「はあ？　無理な縁談だと分かってたんですかい。なら何故、長崎屋へ来たのやら」

ここで不機嫌な声を出したのは、何と、隣の廻船問屋にいるはずの手代佐助であった。薬種問屋で一騒ぎあったのを聞いたらしく、急ぎ、若だんなの無事を確かめに来たに違いない。

佐助はちらりとお糸へ目をやると、一寸《ちょっと》不思議そうに、目をしばたたかせた。それも道理で、お糸は見た目、十五、六。色白で、ちょいと目尻が下がっており、かわいらしい。だらりの帯を締めた姿は、まさに大店《おおだな》のお嬢さんという見た目だし、その上、着物や櫛《くし》、簪《かんざし》を見るに、小東屋は裕福そうであった。

「あの……手前がこんな事を申し上げるのも何ですが。こちらの娘御には山と、縁談があるように思われるのですが」

何で許婚がいると承知の若だんなへ、わざわざ縁談を持ちかけてきたのか。佐助がそう問うと、若だんなも思わず頷《うなず》く。

すると、だ。ここで小東屋が、何故だか何度も、首を縦に振ったのだ。そしてお糸が、若だんなと添わねばならない訳を、是非に聞いて欲しいと、真剣な顔で語り出した。

「若だんな、親ばか承知で言わせて頂きますと、うちの娘はこの通りの器量よしでして」

そして小東屋は本当に裕福らしく、お糸には断るのも大変な程、縁談が舞い込んでいるという。一目で気に入ったから、是非嫁にと言ってくる者や、お武家、大店の商人《あきんど》など、婿《むこ》のなり手は大勢いるらしい。

「ええ、ですから娘は、立派な大店へ嫁がせようと思っておりました。幸せになれる縁を選んでやるのは、父親の務めでございます」

そして小東屋は今年の初め、ようよう相手を決めた。小東屋のおかみの実家は、大名家出入りの医者だそうだ。そして、そちらと縁のあった両替屋本村屋《もとむらや》が、店の評判も良く、裕福で、良き嫁ぎ先だと思えたのだ。

「おや……お糸さんには、別にちゃんと、縁づく相手がおられたのか」

この話には、若だんなや兄や達が目を丸くし、いつの間にか影内に来ていた妖らが、小声で騒いでいる。

「ひゃひゃ、ならどうして、長崎屋へ来たのかねえ」

「お糸の縁談は無事整い、手前は、嫁入りの支度をしておりました。すると、です」

ある日お糸は突然、先方から縁談を断られてしまったのだ。しかもその訳は、とんでもないものであった。

「何と先方は、お糸が〝化け猫憑《つ》き〟だと言って来たんです！」

本村屋は破談の訳として、三代前の主が、化け猫に祟《たた》られたあげく、短命に終わったという話を持ち出したのだ。何としても〝化け猫憑き〟だけは、跡取りの嫁には出来ないという事らしい。

「〝化け猫憑き〟ですか」

若だんなは魂消《たまげ》て、思わずお糸を見つめた。

2

みゃあと声がしたので、若だんなが縁側の方へ目を向けると、裏の一軒家に住んでいる猫又《ねこまた》、おしろが猫の姿で現れ、お糸の方を見ている。

長崎屋は妖達と縁が深い。よって化け猫も猫又も、当たり前のように店へ顔を出しているのだ。今日のおしろは、上手に二本の尻尾《しっぽ》を隠しつつ、首を横に振った。

（おや、猫又が否と言ってるね。やっぱりお糸さんに、化け猫は憑いていないんだ）

気がつけば人の目には見えない小鬼達も、お糸の側へ寄り、やはり首を振っている。

（ありゃ、鳴家ときたらあんなに近寄って）

お糸の側から鳴家達を引き離したいが、何しろ小鬼は、若だんなとお糸の間にいる。手を伸ばせば何をしているのかと、問われかねなかった。

（これは拙い。小鬼達が面白がって、お糸さんの膝にでものったら、どうしよう）

若だんなは唇を嚙《か》むと、ここで小東屋へ顔を向けた。父娘が顔を若だんなへ向けたので、その隙《すき》に小鬼達へ手を伸ばし、袂《たもと》へ放り込む。そして精一杯、落ち着いた声で言った。

「小東屋さん、お糸さんに、何かが憑いているようには思えませんが。しかも化け猫なんて」

しかし、だ。何かが〝ある〟事より、〝何も無い〟事の証《あかし》を立てる方が難しい。若だんながそう言うと、小東屋は泣き出しそうな顔になった。

「ええ、ええ、そうなんですよ。お糸に変わった様子はありません。〝化け猫憑き〟になったなど、とんでもない言いがかりで」

しかしその件のせいで、小東屋は縁談相手の本村屋が、信用ならなくなったという。

「おそらく跡取り息子に、他のおなごでもいたんですよ。それでお糸との話を断るのに、化け猫の話を持ち出したんでしょう」

猫に祟られた事のある本村屋では、〝化け猫憑き〟の嫁は歓迎されない。あっさり破談に出来そうだと、誰かが考えたのだ。

「妙な噂《うわさ》を立てられたお糸が、破談の後、どんなに困るか、言いがかりをつけた者は、考えてくれなかったのでしょう」

そんな相手へ無理に縁づいても、お糸の為にはならない。

「ええ、手前は本村屋との縁談を諦《あきら》めました」

無理を言わなくても、お糸には別の話が山と来ている。小東屋は間を置かず、次の縁をまとめたという。

「ところがです。何と次の相手にも、お糸が〝化け猫憑き〟だという噂が、伝わってしまったんですよ」

二人目も、同じ神田の商人だった。だからか、本村屋が縁談を断った事情をよく摑《つか》み、やはり化け猫憑きを家へ入れるのは、ご免だと言い出したのだ。

「酷《ひど》い話でございます」

そして小東屋はその時、番頭の浩助に事を相談したのだ。勿論、縁談はまだ沢山来ている。ただ、もし続けて三つ話が流れたら、それだけで本物の〝化け猫憑き〟だと、思われかねない。浩助はそう言って心配した。

「本当に困ってしまって。ならば、当家に伝わる秘伝の薬を、娘の持参金に加えようと、その時決めました。手前の本気に、浩助も驚いておりましたよ」

若だんなはその話に、少し戸惑った。

「薬、ですか？　小東屋さんは、染物屋さんではなかったんですか」

小東屋は若だんなへ、にこりと笑いかける。

「私の妻は、医者の娘でして。それで持参金代わりに薬の処方を一つ、舅《しゅうと》より伝えて貰っております」

舅曰《いわ》く、万に一つ小東屋が傾いても、その薬を売りに出せば、店一つくらい楽に立て直せる妙薬だという。確かに江戸では、本業の傍らで一つ二つ、家伝の薬を売っている店が結構あるのだ。

「さて、その後、新たな縁談相手を誰に決めたら良いのか、浩助と話し合いました。この番頭は、本当に出来る男でしてね」

もっと若かったら、娘の婿にしたかったくらいの者だと小東屋は言った。いずれは分家するか、どこぞの娘しかいない店へ養子に出す事を考えていると、浩助へ笑いかけつつ言う。

「浩助は直ぐに、易者を連れてきてくれました。ええ、自分より頼りになる人だと申しまして」

その易者は好々爺《こうこうや》で、相談相手のような格好になった。そして易者は、お糸は神田からかなり離れた大店へ、嫁ぐのが良いと言った。つまり神田以外の土地で、小東屋の妙薬を欲しがっている店こそ、お糸の嫁ぎ先だと占った訳だ。

「遠ければ、〝化け猫憑き〟の話が伝わりにくうございます。良き案だと思いました」

小東屋は大いに納得し、小東屋の妙薬を求めているお店がないか、人に聞いて回ったのだ。すると驚くほど早く、その相手を知る事が出来たという。

「ええ、長崎屋さんの名があがりました」

「うち、ですか？」

「こちらは暫《しばら》く前から、ご主人の藤兵衛さんの為に、毒消しの薬を探しておいでだとか」

まさか薬種問屋が、薬を探しているとは思わなかったと、小東屋は眉尻を下げる。調べてみると長崎屋は裕福で、主夫婦も若だんなも温厚な人柄であるという。

「お糸の嫁ぎ先として、ええ、申し分ありません」

しかしその後、若だんなには許婚がいるとの話を耳にし、小東屋は一旦《いったん》、駄目かと諦めかけた。しかしよく聞くと、相手の娘御は随分年下、いや、まだ子供だという。

「それで、いつ婚礼するともまだ、決まっていないとか。ならば別の縁がまとまっても、おかしくはありませんよ。ええ、ええ」

「勝手を言わないでくれよ。適当な嫁さんが来ちゃ、あたしらが困るんだよ」

ここで、いつの間にか母屋《おもや》へ近寄って来ていた金次《きんじ》達が、奥の間近くの縁側に顔を見せ、口を尖《とが》らせている。だが小東屋は、中庭の貧相な面々には目もくれなかった。

「若だんな、まあ聞いて下さいな。小東屋が持っている薬なんですが」

主はにこりと笑うと、自慢げに、薬の入った印籠《いんろう》を取り出して見せる。

「これが毒消しの妙薬、〃明朗散《めいろうさん》〃でして。舅殿が、昔世話をした上方《かみがた》のお医者から、伝えられたものです。うちに渡したものだからと、医者の舅殿も扱ってはおりません」

小東屋の商いは順調ゆえ、まだ店で売ってはいない。だが、小東屋の一家が妙な茸《きのこ》に当たった時、急ぎ作った〃明朗散〃を飲み、事なきを得たという。本当に良く効いたのだ。

「是非、藤兵衛さんにも使って頂きたいものです」

しかし〃明朗散〃は、お糸の持参金だという。欲しければ、お糸という嫁御を貰ってくれと、小東屋は言ってきたのだ。

「勿論、〃化け猫憑き〃などという嫌な噂がなければ、手前も〃明朗散〃を、嫁入りと絡《から》めたりはいたしませんでした。けれど今は、早くお糸を良き相手に託したいのです」

若だんなは店奥に座ったまま、妖達と目を見合わせた。

3

お糸と若だんなの縁談話は、長崎屋の店奥や離れで、皆に語られた。何しろ若だんなは跡取り息子だし、お糸はなかなか綺麗《きれい》な娘だったからだ。

しかも噂には、〝化け猫憑き〟という芝居さながらの、怪しげで心躍る言葉がくっついていた。皆はお糸の姿形などを語り、大いに楽しんでいたのだ。

だが、しかし。その内何と、よみうりが出て、長崎屋の面々は顔を強《こわ》ばらせた。

「きゅい、何で？」

急いで作ったのか、よみうりの文は簡潔で、却《かえ》って読みやすい。そこに書かれているのは、大半はお糸の事であった。そして、書かれる側の迷惑など全く考えず、本当に気軽に、妖達の事まで、書き連ねてあったのだ！

曰く、神田の染物屋の娘は、綺麗だが〝化け猫憑き〟だ。

それで染物屋の娘は、縁談が二度も流れている。

しかしそのおかげで、染物屋の娘は今、大層良い嫁ぎ先を得た。廻船問屋兼薬種問屋の若だんなと、縁があったのだ。

その若だんなは、怪談を語る噺家《はなしか》や、不可思議な厄介事を解き明かす、岡《おか》っ引《ぴ》きなどに縁が深い。

つまりあの店は、怪異とも妖とも縁がある訳だ。人がいないのに菓子が減り、声が聞こえる。天井が軋《きし》むという噂だ。

だから〝化け猫憑き〟の嫁が暮らしても、この薬種問屋ならば大丈夫だろう。

よみうりは、そういう風に言葉を結んでいた。若だんなは離れで、兄や達へ目を向ける事になった。

「何でこんな話になったのかしら。仁吉、佐助、お糸さんとの縁談は、あの日断った筈《はず》だよね」

仁吉は店奥で小東屋へ、重ねて否と言っていた。きっぱり、嫁入り話を終わらせているのだ。

「旦那様の薬の為に、若だんなの嫁御が変わったりしたら。主はそれを気にします。却って具合が悪くなるに違いないですから」

兄やがそう言ったので、若だんなも、話を受ける事は出来ないと自分の口から告げている。終わった縁の筈であった。

「なのに何でよみうりに、お糸さんが長崎屋へ嫁いでくるって、書かれたのかしら」

いや、はっきり店の名は出してないから、嘘《うそ》だと文句を言えない分、厄介なよみうりであった。

するとし、巻き込まれた格好の妖達は、揃って顔を顰《しか》める。

「きゅい、長崎屋に妖がいること、ほんと」

「鳴家、本当の事だから、拙いって事はあるんだぜ」

このよみうりは、軽く軽く書いてある。だが、こういうものが積み重なると、やがて剣呑《けんのん》な噂に化けたりすると、屏風《びょうぶ》のぞきがため息をつき、金次も頷いた。

「一軒家に住んでいるのが妖だと知られたら、拙いよなぁ。怖がられて、まず間違いなく、直ぐに風呂《ふろ》屋へ行けなくなるな」

せっかく気に入ってきたのにと、金次はしかめ面《つら》を浮かべた。

「すると、さ。次は番屋で、焼き芋を売ってくれなくなる。それが、菜っ葉や魚に広がる。じきに、米や塩も買えなくなるな」

その内、毎日が成り立たなくなる。妖達は人のなりをしていても、じわじわと並の暮らしからはじき出されてしまう訳だ。

「いやそれだけじゃない。どこかで盗みでもあったら、どうなると思う？　日限《ひぎり》の親分が怖い顔をして、一軒家の三人を調べに来るだろうさ」

妙な評判のある怪しい者として、真っ先に調べられる訳だ。おしろが横から、困った顔で言った。

「あら、そうなったら、若だんなに迷惑が掛からないよう、あたし達三人、あの家を離れる事になるのかしら。若だんなの持ち家ですものね」

金次が、益々渋い顔つきになる。

「あたしは自分の火鉢を置いて、どこか遠くへ消えるのは、ご免だよ」

その口調は落ち着いていたものの、部屋に吹いてきた風は冷たく、屏風のぞきが鳴家と共に首をすくめる。どうやら貧乏神は既に、かなり怒っているようであった。

途端、若だんながその風を受け、三回ほどくしゃみをした。すると兄や達は離れで直ぐ、若だんなを布団《ふとん》に埋《うず》めたのだ。妖達は素早く目配せを交わし、ここで生真面目な言葉を口にする。

「こりゃ済まないね。今日この金次は、離れに長居はできないな」

よって妖達は早々に、長崎屋の裏の一軒家へ移って行った。そして付喪神《つくもがみ》の屏風のぞきに、猫又のおしろと小丸《こまる》、貧乏神の金次、獏《ばく》の場久《ばきゅう》、鳴家が一階の板間に陣取ると、密談を始めた。

「どこかに嫌なよみうりを書いた、悪い奴がいるみたいだねえ。若だんなはちゃんと、小東屋との縁談を断ってるのに」

なのに、反対の事を世の中へ広めている。

「無理矢理にでも、長崎屋と小東屋の縁談、まとめたい誰かがいるみたいだ」

その為に、妖達の事まで書き、町にばらまいてしまった。噂はどんどん、大きくなるに違いない。

「さて、我ら妖は、これからどうするか。話し合いが必要だな」

これ以上目立ってしまっては、人に交じって暮らす事が難しくなる。

「先程若だんながくしゃみをしたのも、小東屋の縁談話が、体に障《さわ》ったからに違いないよ」

「きゅい、きゅい」

事は、深刻であった。まずは屏風のぞきが、口を開く。

「嫌な噂をばらまいた奴《やつ》を、捕まえよう」

そしてやり返しておくのだ。二度と、妖に迷惑をかけないように。

「きゅん、いい考え」

「若だんなには内緒だね。優しいから。妖を困らせる嫌ぁな奴を捕まえても、祟るより先に、話を聞こうとするだろうし」

それでは面白くないと金次が言い、皆が頷く。つまり、だから今回は、こっそり事を運ぼうと一同で決めた。妖達は、このままでは納得出来ないのだ。

ここでおしろが、思いついた事があると言い出した。

「あたしはね、このよみうりを書いた奴は、小東屋にいるんじゃないかと思ってるんです。だって、お糸さんが長崎屋へ来てから、大して日が経《た》っていないんですよ」

なのに噂を流した主は、小東屋と長崎屋の関わりを、早、承知しているのだ。

場久が首を傾げる。

「でもよみうりじゃ、既に縁談を断られている筈のお糸さんが、長崎屋へ嫁いでくる事になってますよ」

小東屋ならば、そんな間違いはしないだろうと言う。しかし小丸は、首を横に振った。

「小東屋さんが、無理やり縁組みをまとめようと、わざとよみうりへ、こういう噂を流したって事じゃないでしょうか」

この噂を聞いたら中屋は怒って、於りんとの縁談を、止《や》めにするかもしれないではないか。おしろは頷いたが、もう一つ、別の考えも有り得ると言った。

「半端《はんぱ》にしか事を知らない小東屋の者が、話を、よみうりに売ったのかもしれません」

何しろお店の奉公人は、手代になるまで給金を貰えない。小遣い稼ぎが出来るとなったら、小僧達は心が動くだろうという。場久は、他の名もあげた。

「小東屋の番頭が連れてきたっていう、易者も怪しげですよ」

「場久さん、怪しげじゃない易者って、いるのかね」

金次はあっさり酷い事を言うと、では小東屋に的を絞り、妖達で、噂を流した主を調べ出そうと言い出した。誰が妖を困らせたか分かったら……そいつへ景気よく祟るのだ。貧乏神の声には力がこもっていた。

長崎屋は、妖達の馴染《なじ》みの場所なのだ。出て行きたくない。追い払われたくない。どうして若だんなから、離れなくてはならないのだ？　なぜ、いつもの暮らしを取り上げられそうになるのだ？

嫌だ。腹が立つ。

嫌だ。祟ってやる。

嫌だ、嫌だ。何で我らだけがこんな目に遭うんだろう……。

「きゅんいー」

ここで金次が、にたりと恐ろしい笑みを浮かべた。

「久々に、気合いが入るねえ。ああ、妖の敵を見つけたら、貧乏一直線にしてもいいなんて。貧乏神冥利《みょうり》につきるな」

「きゅい、鳴家も頑張る」

「おい、お前さんの姿は、人には見えないだろうに。どうやって頑張るんだ？」

「きゅべ屛風のぞき、わかんない」

古来、妖を困らせる嫌な奴は、夜の道で奇妙な姿に出くわし、不運に好かれるのだ。仕方が無いというものであった。

「勝手な噂を流した主に、お灸《きゅう》をすえてやりましょう。出陣です！」

おしろがそう言うと、さっそく影の内へ、幾つもの姿が消えていく。屛風のぞきはその時ふと、長崎屋の方へ目を向けた。

(兄やさん達は、小東屋との縁談を、直ぐに破談にした。でも若だんなの本心は、どうだったんだろう)

小東屋は、若だんなの欲しい薬を持っていると、言ってきたのだ。そしてお糸を嫁にしなくては、その薬は手に入らなかった。

4

出陣から三日も経たない内に、妖達は困り切った顔で、長崎屋へ戻ってきた。ふらふらしつつ離れにたどり着くと、驚いた事に貧乏神の金次までが、若だんなに泣きついたのだ。

お菓子と茶を、若だんなへ勧めていた兄や達の眉間に、くっきりと皺が寄った。

「おい、離れに残っていた鳴家達から、聞いてるぞ。一軒家で集った妖らは、若だんなに内緒で、勝手をしたんだってな？ 妖の噂を流した奴を見つけて、締め上げる気だって？」

あげく揃って馬鹿《ばか》をし、逃げ帰ってきたらしい。離れへ頼って来るなど、事の始末を若だんなにさせる気かと、兄や二人の声は低い。妖達は口々に、疲れた顔で言い訳をした。

「きゅい、お腹《なか》減った」

「はあ……また叱《しか》られました」

「仁吉さん、佐助さん、今回に限り、怒られるのは的外れなんだよ。何故ってさ、この金次には、馬鹿をする暇も無かったんだから」

　貧乏神がため息をつくと、隣で場久とおしろが、強ばった顔で深く頷く。若だんなは、離れの居間でお茶を淹《い》れつつ、兄や二人と首をひねった。

「あの、何があったの？」

　貧乏神である金次までがこの有様とは、一体どうしたというのだろうか。若だんなが熱いお茶を差し出すと、居間に集った妖達は、一気に飲んで、熱いとまた泣き言を漏らした。だが、黙っているのも苦しいらしく、金次が早々に話し始める。

「若だんな、小鬼が話したみたいだから、色々承知だよね？　あたし達は、勝手な噂を流した誰かが、小東屋にいると考えたんだ」

　皆は、別々の相手を探る事になった。

「ただ、あたしたち一軒家の三人は、調べる前に、一旦、近くの差配の所へ行ったんだ」

　金次は小東屋に張り付く気で、何日か留守にすると、化け狐《ぎつね》の差配へ伝えておくつもりだった。場久やおしろも、留守がちになるだろうからと、一緒に顔を出し、話すことにした。

「ところが、だよ。差配さん宅の近くには、とんでもなく怖い面々が、待ち構えていたのさ」

「金次が怖がる者が、この近所にいたのか？」

仁吉が珍しくも、魂消た顔を見せている。

「他の神様でも来ていたの？　それとも他国から、名の通った大妖《たいよう》が江戸へ来たのかな」

若だんなが身を乗り出し、先を促す。金次は、その怖い者達の名を告げた。

「恐ろしいのは……二階長屋のかみさん達だ」

「お、おかみさん達？」

通り沿いに建つ大店の背後には、確かに長屋が沢山建っている。長崎屋も店の後ろに、二階建ての長屋を持っていた。

「ここいらじゃ、家賃の高い二階建てが多いだろう。つまりさ、長屋暮らしをしてはいるが、結構ゆとりのある人が多いんだ」

大店の番頭や稼ぎの良い大工、医者などもいる。よっておかみ達も、子供が寺子屋へ行くような歳《とし》になれば、結構ゆっくり暮らしていた。井戸端で洗い物などしつつ、長話に興じたり、時にはやってきた魚屋に刺身を作らせ、日中から近所の皆で食べたりしているらしい。

「つまり、さ。一言で言えば、ここいらのかみさん達は、暇なんだ」

そんな時、今は真夏ではないが、飛んで火に入る夏の虫が、おかみ達の前に現れた。

そう、金次達妖の面々だ。

若だんなは息を呑《の》み、金次は先を語る。

「あたしは早く、差配の化け狐を探したかった。それでうっかり……そう、本当にうっかり、かみさん達に聞いちまったんだ。うちの差配さんを、見ませんでしたかって」

きわめて真っ当な問いだったから、返事は差配を見たか、見ていないか、どちらかだと思っていた。だが、おかみ達はその時、きらりと目を輝かせたのだ。

そして妖達三人を、逃げる間もなく取り囲むと、まず若だんなの事を聞いてきた。

「わ、私の事？」

「若だんな、裏のかみさん達が、今、一に気になる事といやぁ、縁談の話なんだよ」

それも、近所の若だんなの縁談ともなれば、二枚目役者の芝居より興味津々《しんしん》で、皆はお糸が現れた事をよく承知していた。何故なのかは分からないが、とにかくそうなのだ。

「ねえねえ金次さん、場久さん、おしろさん、よみうり、読んだよ」

長崎屋の事が出ていたので、何人もが、わざわざ買ったらしい。おかみ達の輪が、直ぐに迫ってきた。

「それでどうなの？　若だんなが添うのは、中屋の於りんさんかな？　それとも小東屋のお糸さんなの？　どっちなのかしら」

あんた達は、長崎屋の人と親しい筈だ。だから教えてと言われて、三人は戸惑った。「差配の居所を尋ねたら、どうして若だんなの縁談話が、返ってくるのかね？　いや、さっぱり分からないんだ」

下手な事を言うと、更に問いが返ってくるから、金次達は知らないと言って逃げにかかった。しかしおかみ達は、そんな答えでは納得せず、追いすがってくる。

「あれまあ、本当に知らないのかい？　場久さんもそうなの？」

金次が手強いと見たのか、ここで長屋の端に住む大工のおかみが、場久に矛先を向けた。しかし噺家は、人の縁談を気にする歳でもないと、やんわりとかわした。

場久は妖、遥《はる》かに時を駆け抜けて来ている者であった。それを正面から言う事は出来ないから、ぼやかして告げたのだ。

ところが、だ。その一言が、事を更にややこしくしてしまった。

「あら……そうだわよね。その通りだわ」

おかみ達は珍しく、一軒家の前であっさり納得する。そして今度は場久を、大いに困らせ始めたのだ。

「そういえば場久さんだって、そろそろ自分のお嫁さんを、貰いたい歳よねえ。ええ、ええ、そうでした。人の縁談に、気を向けている場合じゃないわよ。その通り」

「えっ？　何でそういう話になるんで？」

確かに場久の見てくれは、若だんなより幾らか年上に見えるくらいなのだ。兄やである仁吉や佐助と、見た目の歳は変わらない。

しかも場久は、段々人気が出てきている噺家であった。気がつけばおかみ達は、大いに張り切っていた。

「場久さんの稼ぎなら、もういつでも、おかみさんを貰えますよ。あたしが請け合います」

左官のおかみが言う。つまり、だから。

「心配しないでいいのよ。場久さん、あんたには直ぐ、良い人を見つけてあげるから」

近所に住んでいるのだから、歳頃の者には、自分達おかみが気を配らねばならなかったのだ。長屋のおかみのひとりが、当然のように言い出した。

「はぁ？」

場久は音の外れた、笛のような声を出す事になった。

「よ、良い人って……えっ、縁談を待ってろっていうんですか？　いえその、結構ですから。何でそんなに、何人ものおかみさんが、張り切ってるんです？」

一体どうして、いつ、こんな話になってしまったのだろうか。場久は必死におかみ達を止め始めた。だが勿論、放っておいてくれ、縁談は要らぬと言われて、引くようなおかみは居なかった。

おしろが目を丸くし、つくづく言う。

「縁結びは、よっぽど、わくわくするものらしいですねえ」

まずは相手の品定めと、噂話に興じる事が出来る。

上手《うま》くまとめれば、感謝の言葉と宴会もくっついてくる。

じき、ややこの声が聞こえれば、長屋は一層賑《にぎ》やかになろうというものであった。

名付け親にだって、なれるかもしれない。

そして、それこそ一生、あそこの夫婦は、自分が仲を取り持ったと、鼻を高くしていられるのだ。

「気にしないでいいんだよ。少しの手間なんか、惜しみはしないから」

おかみ達は、近所に良い相手が、それは沢山いるとも言ってきた。つまり、場久が一人や二人断っても、さらに大勢、縁組みの相手が湧《わ》いて出るらしい。

「ひえええ……」

場久が絞め殺されたような声を漏らしている横で、おかみ達は、じきにおなご同士の合戦を始めた。自分が知っている娘こそ場久に相応《ふさわ》しいと、互いに張り合い始めたのだ。

その横では、婚礼の席に出る時、亭主に着物を買って貰おうと、早くも算段を始めるおかみまで出始める。おしろが首を振った。

「仲人ってね、縁談をまとめると、持参金の一割を貰えるらしいですよ、場久さん」

「おしろさん、物知りだねえ」

それじゃ、おかみ達は益々止まらないなと、場久とおしろはうなずき合う。金次は底なし沼のようなため息をついた。

「勿論そこで、この金次は場久を庇《かば》う気でいたさ。ああ、なんたって、一軒家で一緒に暮らしてるんだからな」

おかみ達が余りに強いので、場久には援軍が必要に思えたのだ。

ただ。金次は直ぐに、場久を庇う事など全く出来なくなった。「だってね」ここでおしろが、重々しく言う。

「誰が場久さんへ、一番に娘さんを紹介するか。話し合っているうちに、大工のおかみさんが、医者のおかみさんに負けたんですよ」

するとだ。大工のおかみは酷く残念がったあげく、直ぐに、隣に立っていた金次を見つめ始めたのだ。

「金次さん……お前さんは確か、相場師だったわよねえ。ええ、そうだった」

人の干ものみたいに痩《や》せてはいるし、日頃ふらふらしていて、頼りなさそうに見えはする。しかし、だ。

「こうして場久さん達と、一軒家に住んでるしねえ。暮らしに困る様子はないし」

噂によると、金次は大坂の堂島で、相場を張ったりしているのだ。つまり金次も、場久に劣らぬ婿がねではないか。大工のおかみときたら、天下の貧乏神相手に、正面切ってそんな事を言い出したのだ。

「ほ……お」

さすがに、そういう話になるとは思いもよらず、若だんなは目をぱちぱちさせる。

「それは……本当に凄《すご》いな。貧乏神に縁談を世話しようっていう人が、この世にいたんだ」

「千年以上生きてきましたが、初めて聞きました。この歳で初めての事に出会うとは、思いませんでした」

　仁吉も佐助も、いっそ感動している。若だんなは、かすかに震えている金次の湯飲みに、急ぎ茶を注いだ。

「ああ、あの時の、おかみさんの目つきは怖かったな。あたしは貧乏神なんだ。なのに心の底から震えが走った。相手はおなごだっていうのに、本当に肝が冷えたよ」

　どう考えても貧乏神が、人を妻に迎える訳には、いかないではないか。獏の場久とて同じだ。そもそも寿命が違いすぎる。姿も全く違う。力も別のものだ。

　違う、違う、違う。

「何もかも別物なのに。仲人の紹介じゃ、添う二人に今、恋しい気持ちなんてある訳がないしさ」

　妖《あやかし》である若だんなの祖母おぎんと、人である祖父、鈴君《すずぎみ》のような思いは、滅多に見ないものなのだ。長く長く生きてきて、人と妖の間には悲しい思いが多かったのを、妖達は知っている。その事が身にしみているから、気軽な縁談を、災難並に怖がるしかなかった。

「それでね、若だんな。そこでおしろさんが、動いてくれたんだよ」

　金次に言われて、おしろは頷いた。その内、おかみ達の目が、おしろにも向いてきたのを、猫又は感じたのだという。

「だからあたしはね、場久さんの袖《そで》と、金次さんの腕を掴んだんですよ。そしてね、差配さんの行き先を思い出したって、大きな声で言ったの」

大事な用があるから、直ぐに行かなくてはと付け足し、おしろはおかみ達へ、大きく頭を下げた。そして皆が戸惑っている間に、金次達二人を引っ張って、大急ぎでその場から駆け出したのだ。

この力業は今、猫又の偉業として、小丸達他の猫又達から賞賛されているという。

「もっとも、一軒家は長屋の側《そば》から、動かせないんですよ。だから、おかみさん達は縁談を、一昨日《おととい》も昨日も一軒家へ持って来てるの。いい加減断るのにも疲れて、今日、離れへ逃げてきたんです」

縁談は、人の姿になれる他の妖達が、代わりに断ってくれもした。

「でもね、おかみさん達ときたら、断ってた妖達にも、縁談を持ち込みたいって言い出して。どこに住んでるのか、聞いてきたんですって」

それで他の妖らも、頭を抱える事になったのだ。ため息をつく三人を見て、同じく人ではない兄や達が眉尻を下げる。

「さて……そんな事になっていたとは困りましたね。相手が長屋のおかみさんでは、強く出る訳にはいきませんし」

何しろ向こうは、一軒家の三人に、好意を向けて来ているのだから。

するとここで若だんなが、にこりと笑った。

5

翌日のこと。

金次は身銭を切って、長崎屋の離れへ、沢山のお菓子を持ち込んできた。大福餅《もち》、羊羹《ようかん》、饅頭《まんじゅう》、金平糖などが、お茶の横に積み重なったのだ。

その横には、場久が持ち込んだ酒と、おしろが作った料理も並べられた。すると勿《もち》論《ろん》沢山の妖達も、離れへ集まってくる。そんな中で三人は、若だんなへ嬉《うれ》しげに語った。

「若だんな、この金次は若だんなに、本当に感謝しているんだ。うん、良かったら五人や十人、貧乏にしてみせるから、いつでも言ってくんな」

「若だんな、場久も本心、ありがたく思ってます。怪談で良ければ、いつでも一席、語りますよ。何なら、夢の中で語ってもいいですが」

「場久さん、そんな事したら、夢が悪夢になっちまいますよ」

こちらもにこにこしている、おしろに止められて、場久はへへへと笑った。

今回若だんなが、妖達に押し寄せる縁談を止めたのだ。仁吉と佐助も、思わぬ成り行きを見て、大いに若だんなを褒めていた。

「私らの若だんなが、こんなに世事に通じておいでだったとは。いや、驚きました」

ほっとした妖達は、今日は若だんなと一緒に休むのだと言い、離れの、菓子や料理の側で、ひっくり返っている。鳴家《やなり》達が金平糖をこりこり齧《かじ》っていると、横で金次と場久は、買ってきた羊羹を一棹《さお》丸ごと頬張り出した。

若だんなは、自分がおかみ達に話を付けた訳ではないと、明るく笑った。

「ただね、長屋に住んでいれば、親も同然なのは差配さんだから」

そして、長崎屋の二階長屋の差配は、化け狐であった。人よりも遥《はる》かに長く生きている妖狐《ようこ》は、化けて人の姿を取る事も多く、世間の機微に通じている。

「だから、化け狐に頼んだんだ。金次達を助けてあげてって」

差配狐はふっと、苦み走った笑みを浮かべると、任せて下さいと言い、おかみ達の所へ行ったという。そして差配狐は、細縞柄《ほそじまがら》の粋《いき》な着物の袂をひるがえしつつ、舌先三寸、どうやって思いついたのかというような話をでっち上げ、おかみ達を止めた。

見事であった。

若だんなはさっそく差配狐へ、酒と刺身の山を届け、昨日狐達は酒盛りをしたのだ。

「金次と場久は、昔、恋しい人を失って、もう嫁は取らないって、神様に誓ったって事になってるよ。忘れないでね」

「ええ、大丈夫です！」

返事を羊羹に阻《はば》まれつつも、寝転がった二人が請け合う。一方おしろは、既に言い交わしている相手が長崎にいて、江戸へ帰るのを待っているという話が、できあがっていた。

「あれまあ。あたしの恋しい相手は、長崎にいるんですか」

初耳だと、おしろが笑いながら言う。

「でもその男、話の中にしかいないから、江戸へ戻って来そうにないですね。その内、おしろは振られたと、噂になりそうだわ」

「なぁに、そうなりゃ好都合ってもんだぞ。男が嫌いになったって言えるから」

金次に機嫌良く言われて、おしろは大福とお酒片手に頷いている。

「きゅい、屛風のぞき。鳴家は焼いた大福、食べたい」

「何だ、小鬼達は自分で焼けないのか」

付喪神は文句を言いつつ、それでも大福を火鉢で、せっせと焼き始める。横で場久が、焼けた大福を小鬼達に分けながら、何で自分達妖は今回、こんな目にあったのかと、今更ながらに首を傾《かし》げていた。

「場久さん、もう忘れちまったんですか。小東屋のお糸さんが、化け猫憑《つ》きと噂されたのが、きっかけですよ」

おしろが苦笑を浮かべ、事情を思い出させる。困った父親の小東屋は、易者のご託宣を信じ、お糸を若だんなの嫁にしようと考えた。おかげでその内、妖を巻き込んだ妙な噂が流れ……妖達がとんでもない目にあった訳だ。

「思いも掛けない縁談に追いかけられたんです。ほっとした途端、忘れるのも分かりますけど。あの小東屋って店は、剣呑ですよ」

もうあの店とは関わりたくないと、妖達の声が揃《そろ》った。すると、ここで屏風のぞきが、そっと若だんなを見たのだ。

「このまま小東屋と関わらないとなると、例の毒消しの妙薬、〝明朗散〟が手に入らない事になるな。若だんな、いいのかい？」

小東屋は、妙な噂を立てられた娘の為《ため》に、縁談相手を求めている。金子《きんす》をはずんでも、あの薬を売ってくれるとは思えなかった。あれはお糸が嫁入りする時の、持参金なのだ。

「あたし達妖の為に、あの薬を諦めるのか？　そのね若だんな、何ならあたしが……作り方を書いたものを、頂いて来ようか」

いや、妖ならば書き付けそのものを、持ってくる必要さえない。欲しい薬の作り方は、一つだけ。影の内から処方を覗《のぞ》き、書き写してしまえば良いだけの話であった。

「おい、屏風のぞき、盗む気なのか？」

場久も化け狐達も、目を見開いている。屏風のぞきは、小東屋秘伝の薬を、長崎屋で売らなければいいだけの話だと開き直った。

「藤兵衛旦那《だんな》が、小東屋の薬を飲んだかどうかなんて、誰にも分からんと思うが」

仁吉が新しく作った薬が、効いたとでも言っておけばいいのだ。正直なところ、小東屋の薬が藤兵衛に効くかどうかも、今はまだ、はっきりしないではないか。

「ならばちょいと、試してみてもいいじゃないか。あたしたちは小東屋に、薬一服分くらいは、迷惑を掛けられているぞ」

「なるほど」

妖達の声が揃ったその時、若だんなが、急にぽんと手を打った。

「おや、薬を頂き、試す事に決めたのかい？」

屛風のぞきが問うと、若だんなは長火鉢の横で笑った。そして、試したい事が思い浮かんだが、それは薬効ではないと言う。

「はて、じゃあ、何を試す事にしたのかな？」

二本目の羊羹を抱えた金次が問うと、若だんなは、ずっと引っかかっていた疑問があると、皆の前で口にしたのだ。

「小東屋さんの事だけど、話を聞いてて妙に思った事が、今まで何度もあったんだよ」

例えばお糸の縁談相手に、神田から遠い店を選んだとは言った。けれど、それがなぜ長崎屋だったのか。

「うちはおとっつぁんの為に、確かに解毒《げどく》の薬を欲しがってるよ。でもさ、店一軒立て直せる程の妙薬なら、他にも欲しがる人は山とあるだろうに」

縁談相手を求めるなら、既に許婚《いいなずけ》のいる若だんなでない方が、話が早くまとまる筈なのだ。

「お糸さんの破談の事も、不思議だ」

小東屋のお糸は確かに二度、縁談をしくじったのだろう。しかし、だ。

「金次達に、縁談を世話しようっていう、おかみさん達の話を聞いて思ったんだ。仲人がお糸さんの縁談を、簡単に諦めるとは思えないんだけど」

お糸は綺麗な娘だし、どう見ても化け猫憑きには思えない。その上小東屋は裕福なのだ。

「二度の不首尾くらいで、仲人《なこうど》は引かないよねえ」

破談になったお糸が、かわいそうだと言い、更に多くの縁談を持ってくる、たくましい仲人がいそうなものであった。金次も頷く。

「そういやあ、妙だねえ。二回くらい断っても、近所のおかみさん達のお節介から、逃げ切れる気はしなかったな」

もし、それくらいで縁談を引いてくれるなら、金次はこんなに困らなかったのだ。

「なのに小東屋さんは、仲人を早々に諦めて、易者に頼った。どうしてだろう？」

神田にいる仲人達は、通町界隈《かいわい》にいるお節介焼きよりも、気が弱いのだろうか。

「そして、だ。縁談の不思議がもう一つあった。とっくに縁組みしていておかしくない人が、小東屋にはもう一人いるよね」

「若だんな、番頭の浩助さんのことかい？」

直ぐに分かったらしく、場久が頷いている。裕福な店の番頭なのだ。お糸と添うには年上過ぎると言われた浩助の歳なら、とっくに通いにでもなり、おかみさんを貰っていても、おかしくはないはずであった。

なのに、独り者なのだ。

「小東屋がらみの縁は、どれも何だか少し変だね。不思議な事が多い」

そういえば一旦縁談を断った後に、何故《なぜ》だか縁談がまとまったというよみうりが、出たりしてる。それも変であった。

「たまたまが重なって、妙な話になったんだろうか。それとも誰かがわざと、事をややこしくしているのかな」

よって若だんなは、色々な不思議の訳を、見極めたいと思っているのだ。小東屋と長崎屋の縁談について、勝手を書いた者がいる。このまま小東屋の話が、消えてなくなるとも思えなかった。

「ならば私は、この話の続きを見ていたいんだ」

そうすればいずれ、事の全《すべ》てを得心出来るのではないか。若だんなの言葉を聞き、妖達が顔を見合わせる。若だんなが、何かをしたいのは分かった。

「それで若だんな、話の先を見る為には、どうすりゃいいんだ？」

長崎屋の離れの真ん中に、妖達が集まる。話し合いをする声は、直ぐに小さく、聞き取れない程になっていった。

6

神田、筋違御門《すじかいごもん》前の八辻ヶ原《やつじがはら》から、須田町《すだちょう》を通って日本橋へ続く道は、その先、更に町人の町を貫き南へ向かっている。

江戸でも繁華な通町や、更に京橋を越え、道は高輪《たかなわ》の大木戸へと向かう。そして東海道を上り品川へ、やがては上方《かみがた》へと続いていくのだ。

そんな江戸でも指折りの賑《にぎ》やかな通りも、日が落ちてしまうと、大戸を立てる商家が一気に多くなった。人通りすら、目に見えて減るのだ。

ただ、神田から京橋の方へ向かうなら、舟は使わず、真《ま》っ直《す》ぐ南へ向かった方が近い。小東屋と番頭の浩助はそう言って、提灯《ちょうちん》を掲げ道を歩んでいた。

「浩助、何で長崎屋さんはわざわざ夜分においで下さいなどと、言ってきたんだろうねえ。余程、商いがお忙しいんだろうか」

「さあ。旦那様、使いの小僧さんは、何も言ってはいませんでしたが」

「そうなのか。でも、きっと良い話があるに違いないよ」

先に浩助が、長崎屋からの使いと会った。長崎屋は小東屋を呼び出した上に、わざわざ毒消しの妙薬、〝明朗散〟の事を、確認したいと言ってきたのだ。

「つまり長崎屋さんは、お糸との縁談を、真剣に考えているって事だろう」

　小東屋は何度も頷く。

「長崎屋の若だんなは、少々体が弱すぎるって話を聞いてるよ。小さい頃からずうっと、そう言われてるって事だ」

　だが、本当にとんでもなく弱ければ、とうに若隠居でもしていそうなものだと小東屋は言う。横で、提灯を掲げた浩助も頷く。

「ええ。先日お会いしてみたら、店の帳場においででしたし。しっかりした若だんなでしたね」

　その上優しそうで、お糸が化け猫憑きだと噂されていると聞いても、騒ぎもしなかった。

「うん、うん。若だんなとお糸の相性は、良さそうじゃないか。易者の占いで繫《つな》がった縁だけど、思いも掛けない良縁に化けるかもしれないね」

　浩助が関わった事は、本当に何もかも上手くいくと、小東屋は暗い大通りで番頭を褒める。浩助は少し笑った。

「お糸お嬢さんは、それはお綺麗です。心配なさらないでも、その内、一に良いご縁を得られますよ」

　番頭の、そつの無い褒め言葉を聞き、小東屋は嬉しそうに顔をほころばせた。

「わたし達の相性も、そりゃあ良いよねえ。ああ浩助に奉公してもらって、良かったよ。今の小東屋があるのは、お前さんがいてくれたおかげだ」

　人が周りにいなくなった上、暗くて相手がよく見えないから、こういう事も言えるねえと、小東屋が照れくさそうに言った。

「お前さんがうちに来て、もうどれくらいになるっけね。お糸が生まれる前からだものね」

　いや、長男も生まれてはいなかった。それどころか、小東屋は嫁を貰ってもおらず、暫《しばら》く店で浩助と、奉公人同然に働いていたのだ。

「ああ、改めて話すと、懐《なつ》かしいな」

　暗がりの中で、小東屋の声だけが、はじけるように明るい。

　すると。近くの店が、風が吹いた訳でもないのに、きゅい、きゅわと軋んだ。そして、浩助が足下を照らす提灯の明かりの先で、夜の闇《やみ》が、不思議と濃くなったり、薄れたりし始める。

　浩助は一寸《ちょっと》提灯を掲げ、闇の向こうへ目を向けた。しかし夜の先が、見通せる事はなかった。

「最近、何か妙な気配が続いてます。特に夜は、少し剣呑《けんのん》ですね」

気のせいだとは分かっているが、何やら怖く思う事があると、浩助は歩きながら言い出した。

「闇の向こうに誰かがいる気がしたり。時には幾つもの目が、こちらを見ているように思える事もあります」

番頭の言葉を聞き、主《あるじ》は首を傾げた。

「そうかい？　確かに闇の中には、何かがいるみたいに思える日もあるが」

しかし今日のように嬉しい日には、怖さは感じないと言い、小東屋は上機嫌だ。そうしてしばし歩んで行くと、その内星明かりの下に、長崎屋の大きな影が見えてくる。

「おお、もうじきだね」

すると小東屋は、懐《ふところ》から薄い本のようなものを取り出した。大事そうに、本の中身を確かめているのを見て、浩助がすっと足を止めつぶやく。

「久方ぶりに、その本を見ました」

毒消しの妙薬、〝明朗散〟の作り方を書き記した、おかみの持参金代わりの本だ。

それは、いつもは小東屋の蔵奥にしまわれていて、浩助ですら見る事が出来ないものであった。

今日は長崎屋へ、妙薬の製法を持っていると示す為、本当に珍しくも本を、蔵から出してきたのだ。小東屋が頷く。

「お糸の縁談を、まとめなきゃいけないからね。これが頼みの綱だ」

すると。

近くの店が軋《きし》み、また鳴家が続いたのだ。側の闇が揺らいだように見え、浩助が眉を顰《ひそ》める。

「誰か……いるのですか？」

闇に問うても、返事がある訳がなかった。ただただ、前にも後ろにも夜が広がっているだけで、小東屋と浩助以外、誰かがいるようには見えない。しかし。

ここで浩助が、ふっと笑った。浩助は手に提灯を持っていたから、その何とも言えない笑みが夜の中に浮かび上がり、今度は小東屋が足を止める。

そして浩助へ戸惑うように、問いを向けたのだ。

「浩助……どうして笑うんだい？　私が今、何かおかしい事を言ったかね？」

気がつけば大通りには、見事に人の姿がなかった。皆、とっくに己の家へ帰り、家の者達と夕餉《ゆうげ》でも食べ、さっさと寝ようという刻限になっていたのだ。

だが浩助は直ぐに返答をせず、夜の道に立って、あちこちへ目を向けている。最後に浩助は、小東屋を見つめてから言った。

「誰かいるんでしょう？　声くらい聞かせてはどうです？」

「浩助、何を……」

小東屋が言いかけた、その時。

どこからか、声が湧き出てきたのだ。二人を飲み込んでいる夜の中から、月の光を受けた店の影から、それは聞こえてきた。

「浩助が問うてるぞ。気を立てているぞ」

誰が話しているのか、名乗らなかった。

浩助が、提灯をかざし声の辺りへ光を向けたが、小東屋以外、誰がいる訳でもない。それでも時々闇の内から、きゅいきゅいと、笑うような声が湧き立ってくる。浩助はじき、首を横に振った。

「この気配、神田からずっと付いてきています。旦那様は、用心の為に誰かを伴ったんでしょうか」

「えっ、まさか」

小東屋は否《いな》と言った。浩助は一寸顔を顰めると、また笑う。そして、どこかからする声へも聞かせるかのように、語り出した。

「もうずっと前の事ですが。旦那様は妙薬〝明朗散〟の処方を、手前が分家するとき、教えて下さるとおっしゃってました。覚えておいでですか」

「へっ？　何でそんなことを、突然……私は言ったかね。いやいや覚えてないよ」

小東屋の声がひっくり返った途端、あちこちから笑い声が湧き出した。

「きゅわきゅわ」

「こんこん、いやいや。妙薬、〝明朗散〟は、持参金にも分家代にも、化けるのか」

「ひゃひゃっ、今となっちゃ、奉公人にはやれぬよな。昔、渡す気だったとしても、今、そうだとは言えぬわな」

きゅわきゅわ、こんこん、ひゃひゃひゃひゃ……。闇の中から声が続く。小東屋達が、長崎屋近くの道で立ちつくしていると、そこに、ずっと落ち着いた口調が混じってきた。

「小東屋さんは、番頭さんに嘘《うそ》をついてた。分家をさせるって言ってた。養子に出してやるとも言ってた。薬を渡すと言った話も、多分本当だろうな」

他にも嘘は、あるのだろうか。すると更に、別の声が続く。

「ああ、出来る番頭さんを、引き留めたかったんですかね」

いつか秘薬を持たせた上で、分家をさせる。その内、秘薬を持参金に付け、どこか養子の口を世話してやる。心をそそられる話だ。

だからその時まで、番頭として、小東屋を支えてくれ。浩助はずっとそう言われ続けていたのだろうか。

「それで今でも、独り者なのか？」

だから、もし明日が来ても、浩助はやっぱり、ひとりぼっち。きゅわきゅわ、きゅい、声は続く。

「ねえ、小東屋さん」

小東屋が返事をせずにいると、闇の内の声は、更に続く。

「きゅい、分家をしてもらう明日は来ない」

「きゅべ、養子に行ける明日も来ない」

すると。立ち尽くしていた小東屋が、ようよう口を開いた。声が強《こわ》ばっている。

「もしかして……浩助は、小東屋にいるのが、嫌だったのか？」

今思いついたが、ひょっとしたら。

「お糸の事を〝化け猫憑き〟だと噂したのは、縁談相手じゃなく、お前なのか？」

気に入らない扱いをしてきた小東屋へ、意趣返しをする為に。しかし浩助は、首を横に振った。

「あの噂は、本村屋の跡取り息子が、勝手に流したんですよ。あの男には深い仲の女が、本当にいましたから」

そして本村屋の三代前の主は、実際、化け猫に祟《たた》られていたらしい。

「だから本村屋の跡取り息子は、お糸さんのことを、よくある〝狐憑き〟だとは言わず、〝化け猫憑き〟だと言い立てて、縁談を壊したんです」

そしてお糸の、次の縁談相手だが。

「本村屋の息子の、友達でしたから」

神田では、二人の跡取り息子は相当遊んでいると、噂になっていた。なのに、そういう話も摑《つか》めないまま、本村屋達をお糸の相手に選んだ事に、浩助は驚いていたという。

小東屋が、声を震わせた。

「そんな事を知っていたなら、何で言ってくれなかったんだ？　浩助、お糸がかわいそうだと、思わなかったのか？」

「私は奉公人です。主が決めたお嬢さんの縁談に、口を挟める訳もないでしょうに」

すると夜のどこかから、また声が聞こえた。続けて二回縁談が流れた時、困った小東屋は、〃明朗散〃をお糸の持参金にすると、決めた筈であった。長崎屋でそう言っていたと、声は告げてくる。

「浩助さんはきっと、そこで得心したんだ。この先どこまで長く小東屋にいても、約束していた〃明朗散〃は貰えないって」

己が貰えるのは甘い言葉と、果たされる事のない約束だけだと、分かってしまった。お糸の持参金を増やすのに、金ではなく処方箋《しょほうせん》を付けた。奉公人へ渡す金など、小東屋にはなさそうだと思えた。

小東屋が、闇へしかめ面《つら》を向ける。

「そんなっ。誰だか知らないが、私を嘘つきのように言わないで下さい。うちの事情を、分かってもいないのに……」

声を尖《とが》らせる。すると浩助が、暗い中で一寸笑った。

「浩助？」

「いや、この声、鋭いですねえ。当たってますよ」

昔約束されたものを、浩助が小東屋から頂く事は、もうないのだろう。だが。

「もっと若い頃は、信じていたんです。先々に希望もあった」

十で奉公に出た浩助は、頼れる身内がいない、もの寂しい身であった。だからいずれ所帯を持ち、妻や子を得たいと、強く願っていたのだ。

「そして小さくてもいい、己で店を始めてみたいと思ってました」

その為に真面目《まじめ》に勤め、小東屋を大事にしてもきた。主は浩助に、沢山の夢を見させてくれた。なのに。

「気がついたら、自分は一人でした。そして今更子供を持つのも、躊躇《ためら》われる歳に、なってましたよ」

思い切って店を辞め、これから子を得たとしても、一人前に育つ前に、自分が死ぬかもしれないと思ってしまう歳だ。

「何で、どこで間違えたんだろう」

深いため息が、闇に絡《から》む。小東屋は、長崎屋の大きな影へ目を向けた後、細い声で浩助へ問うた。

「その、今日私は……本当に、長崎屋さんに呼ばれたのかい？」

長崎屋には、一旦《いったん》はっきり縁談を断られている。なのに、お糸に味方するようなよみうりが出たし、易者も励ましてくれたので、小東屋は諦《あきら》めきれずにいたのだ。

「けど、もしかしたら……」

小東屋が、胸元の本を握りしめ、浩助へ強ばった顔を向ける。

「〝明朗散〟の本を、蔵から出す事は、ほとんどない」

だが浩助は、〝明朗散〟の製法を、得たいと願っていたらしい。

「だからお糸の縁談が、二回上手くいかなかったのを見て、お前さんはとんでもない事を思いついたんじゃないかい？」

縁談を利用して、本を手に入れようとしたとか？　小東屋は、つい先程まで褒めていた番頭を、今は疑っているかのようだ。

すると。

浩助は、思いも掛けぬ程あっさりと頷く。

「ええ。知り合いの易者に頼んで、長崎屋さんとの縁談を進めたのは、私です。お糸さんの縁談話を、よみうりに伝えたのも、私です」

長崎屋を選んだのは、今回浩助が事を進める相手として、とても都合が良かったからだ。長崎屋が解毒の薬を欲しがっているのは、本当であった。その件に絡み、浩助は長崎屋の名を耳にしていたのだ。

「長崎屋さんは、薬種問屋だ。毒消しの妙薬があると言われても、製法も見ずに納得はしないでしょう」

つまり小東屋は、本気でお糸との縁談を進めようと思ったら、一度は持参金代わりの本を蔵から出す事になる。

「今夜、そうしたように、ですね」

その上長崎屋なら、浩助が縁談を勝手に進めても、迷惑を掛けずに済むと思われた。

「長崎屋さんの若だんなには、既にお相手がいるそうですから」

もし万が一、長崎屋との縁談がまとまっても、お糸は良い娘だから大丈夫だ。

「易者に加勢を頼み、私がうまく話を運び、一度でいい、〝明朗散〟の本を持ち出させる事にしたんです。そして、それを奪えばいいと思いました」

浩助が顔を向けると、小東屋はびくりと身を震わせ、後ずさる。その時暗い中で、本を落としてしまったが、浩助から目を離せず、拾う事すら出来ずにいる。

浩助が、笑うような声で言った。

「おや、旦那様。私の事が怖いんですか。長年、他所《よそ》へ出さずに、側へ置いておいた奉公人なのに。今更、怖いんですか」

そこでちらりと、小東屋の足下に落ちた本へ目を向ける。だが浩助はそれを、拾おうとはしなかった。

「参ったな。これが、何十年かの奉公で得た結末か」

浩助は、店も秘薬も得られなかった。主の信頼すら、今は吹っ飛んだ。この先、己が小東屋で働けるとは、とても思えない。そして、共に生きる者もいない。
「この歳になったとき、ここまで何もないとは、思いもしませんでしたよ」
暗い道にしゃがみ込むと、浩助は酷《ひど》く苦しげに頭を抱えた。それから背を向けたま
ま、今日、長崎屋とは、何の約束もしていないと、小東屋へ告げる。夜道で二人きり
になれるよう、浩助は長崎屋の名を使ったのだ。
「ですから旦那様は、その本を拾って、舟でも頼んで帰って下さい」
今更、共に夜道を戻るのは怖いだろうと、浩助は言う。
「手前は今晩中に荷物をまとめ、明日には出て行きます。長年、お世話になりまし
た」
最後の挨拶《あいさつ》の場としては、夜の大通りは妙な場所ですねと言い、浩助はまた小さく
笑う。
小東屋は、戸惑うように言った。
「あの……秘薬は要らないのかい？　この薬の為に、悪心を起こしたんじゃなかった
のか？」
「はは、悪心ですか」
心配せずとも、もう小東屋のものとは、薬一つ関わりたくないと、浩助は言葉を返

した。

「一体私は、何が欲しかったんだろう」

そして立ち上がると小東屋から離れ、夜の道をふらふらと歩き出す。北へ向け歩き出した姿が見えなくなった頃、闇から聞こえてきていた声も、すっかり静まっていた。

7

後日のこと。

長崎屋の離れへ、仁吉が今日も、薬湯と菓子を一緒に運んでくる。すると妖達が姿を現して、饅頭へ手を伸ばしてから、若だんなの枕元《まくらもと》の横へ碁盤を据えた。

「いいね、私も起きて、碁くらい打ちたいよ」

寝付いている若だんなが、ため息を漏らした。すると金次が、機嫌良く笑う。

「ひゃひゃ、若だんな。最近は調子の良い日が、増えた気がしてたんだけどねえ」

しかし若だんなは、またこうして寝付く。しかも一旦病に捕まると、前よりも重く苦しむ日が増えている気がすると、貧乏神は口にした。今回など、高い熱が半月近くも続いているのだ。向かいで屏風《びょうぶ》のぞきが頷き、ため息を漏らした。

「まるで、栄吉《えいきち》さんの菓子みたいだね」

栄吉は最近、辛《から》あられのような、美味《うま》い菓子を作るかと思ったら、人を伸《の》すような味の饅頭を、こしらえたりする。つまり出来の良し悪《あ》しが、日の違いや菓子の差で、大層変わるようになってきているのだ。

「若だんな、栄吉さんの妙な所を、真似《まね》なくてもいいんだよ」

若だんなは頬を膨らませた。

「わざとやってるんじゃ、ないってば。私はずっと調子がいい方が、ありがたいんだ……こほっ、けほっ」

仁吉が慌《あわ》てて背をさすり、話を変えてくる。

「そういえば場久が寄席で、噂を聞いたそうです。小東屋のお糸さん、新しい縁談が決まったようですね」

「おや、良かった」

ならばお糸は、〝明朗散〟を持参金として、もってゆくのだろうか。長崎屋は騒動に巻き込まれたあげく、藤兵衛の為の薬を、拝めなかった事になるねと、若だんなは口にした。

するとは横で、仁吉がにやりと笑みを浮かべる。

「あの薬、妙薬と言っていた割には、大したものではありませんでした。あれなら長崎屋で売っている〝毒散じ丸〟の方が、効き目は確かですよ」

まあこの世に、大した事のない秘薬は多いと、仁吉は澄ました顔で言っている。付《つく》喪神《もがみ》と貧乏神が、横で揃って笑った。

「仁吉さん、先日の夜、小東屋さんが〝明朗散〟の本を落とした時、影の内から中身を見たね」

長崎屋の妖達はここ暫く、小東屋達の行いを代わる代わる見続けていたのだ。若だんなが、小東屋の件は、このまま何もなく終わる気がしない。だからどう行き着くか見ていたいと、言った為であった。

「すると本当に、一幕あったたな」

金次が碁盤の前で、深く頷いている。

浩助は、己が主を裏切っている事を、承知していた。だから闇からの声の主は、小東屋が己を疑い、用心の為に同道した者だと、信じ切っていた。

「小東屋さんは……浩助の味方だとでも、思ったのかな」

その内浩助は暗がりの中で、秘めていた思いを吐き出してしまった。そして結局、小東屋の本は盗《と》らず、そのまま店を辞める事になったのだ。

それが今度の騒ぎが、行き着いた先であった。

「あの番頭さん、何だか、かわいそうな気もしたね」

若だんなは寝床で漏らす。すると、ここで屏風のぞきが楽しげに笑った。

「あの番頭さん、さっさと小東屋を辞めたはいいが、行く当てもなさそうだったろ？ずっと奉公先の店で、暮らしてたからさ」

それで、だ。何と金次達一軒家の三人が、長崎屋の店子《たなこ》だと言って声を掛け、一時浩助を一軒家へ置いてあげたというのだ。若だんなは驚いて、布団《ふとん》の上で目を見開いた。

「おや金次、どうしたんだい。いつになく親切じゃないか」

すると鳴家達が、きゅい、きゅべと声を上げ、首を横に振り始める。仁吉が妙な顔つきになって、若だんなへ事情を教えてきた。

「金次は先だって、裏の長屋に住む、おかみさん達のお節介に困ったでしょう？」

若だんなが止めはしたものの、おかみ達の暇は今も溜《た》め込まれ続けており、怖い事であった。それで。

「金次は暫く一軒家に泊まる人だと言って、おかみさん達に、浩助さんを引き合わせたんだそうです」

こちらから告げたのは、浩助の名前くらいだったとか。しかしおかみ達は浩助を問いただし、一日もしないうちに、生まれ育ちから、どの店で何をしてきたかまで、すっかり摑んだのだそうだ。そして。

「怖い事に、二日後には振り売り達から、神田の小東屋にいた時の評判も、聞き出してたんですと」

浩助は、商いの腕は確かなこと。子を欲しがっていたが、今まで縁が無かったこと。そして、もし縁があるなら、子持ちのおなごとでも添いたい気があると、おかみ達は知った。病一つしたことのない丈夫な質《たち》であるなど、金次も知らなかった事まで、そこには含まれていたのだ。

丁度奉公先を辞めたところだから、これから新しい働き口を求める訳だ。つまり、どこで働いてもいい。これも都合がいいと、何故だかおかみ達は言い出した。

「いやぁ、その後が、凄《すご》かったね」

我こそは、浩助へ嫁御を世話するのだと、長屋のおかみ達が、また一斉に競い始めたのだ。屛風のぞきが頷く。

「亭主に死なれた子持ちでもいい。ちゃんと面倒見ると、浩助さんは言ってた。なんだかね、必死な感じだったとか」

だからか、話は結構見つかったという事だ。医者のおかみ、大工のおかみ、三味線の師匠までが、これという話を持って来た。その内、今まで商いをやっていたのなら、商売をするのが良かろうと、おかみ達の考えがまとまったらしい。

「貸家での小商い、煮売り屋で、おまけに子供が三人もいて、亭主に死なれたおかみさんが、近所の表長屋にいたんだ」

さすがに、三人も子を抱えるのは無理かとおかみが問うたら、煮売り屋で働けるのだし、構わないと浩助は言ったらしい。この話をまとめたのは、二階長屋にいる大工のおかみで、長屋であっという間に、簡単な祝いの席を設けた。

そして気がつけば、長く長く一人きりでいた浩助は、妻を持ち、三人の子を抱え、必死に働いて一家を養う事になっていたのだ。

「若だんなが寝込んでいる間に、縁談が一つまとまって、祝言《しゅうげん》も済んじまったよ」

「ありゃあ、早い事」

早過ぎる気もするが、仲人口でまとまり、相手の事をろくに知らない縁談など、江戸にはいくらもある。浩助とおかみ、子供達は、小さな店で何とかやりながら、ゆっくりと馴染《なじ》んでゆくのだろう。とにかく夫婦は、互いに頼れる者を得たのだ。

「うん、上手《うま》くいくといいね」

若だんなが、しみじみと言った。持参金もない縁組みだと、別れる事も簡単だが、新たな夫婦には今、三人の子供がいて、その先々が掛かっているのだ。

そして、若だんなは寝床で笑った。

「ついでに金次、長屋のおかみさん達の目が、一軒家の面々から逸《そ》れて良かったねえ」

一つ縁談をまとめれば、その後の暮らしぶりも気になるから、おかみ達の気持ちは別へ向かう筈なのだ。

「金次達はその為に、浩助さんを一軒家へ招いたんでしょう？」

「はて、何の事かねえ」

貧乏神はそらっ惚《とぼ》け、場久やおしろも、明後日《あさって》の方を向く。笑い声が離れに満ちた後、皆、またせっせと饅頭を食べ始めた。

長崎屋の主《あるじ》が死んだ

1

雨が降り、足下から寒さが、わき上がってくるような日が続いていた。

それで廻船問屋《かいせんどんや》兼薬種問屋《やくしゅ》、長崎屋《ながさきや》の離れに棲《す》みついている妖《あやかし》が、お使いにでた。

まずは人の姿になれる獏《ばく》の場久《ばきゅう》が、近所の三春屋《みはるや》へ走って、沢山の大福餅《もち》を買った。

「皆で焼いて、離れで温かいものを食べよう」

次に、廻船問屋で手代《てだい》として働いている佐助《さすけ》が、若だんなの為《ため》に、店脇《わき》の道を通りかかった甘酒売りを呼び止めた。途端、妖達も飲むと言い、大きな鍋《なべ》を持ち出してきたので、振り売りが持っている甘酒を、そっくり買うことになった。

「一杯、二杯買ったんじゃ、全部、鳴家達《やなり》が飲んじゃうからね」

若だんなは笑って、離れで妖達の湯飲みを沢山、盆に並べていく。

「何だか妙に寒さが続くもの。甘酒、母屋《おもや》のおとっつぁんとおっかさんにも、届けよう」

妖達はさっそく、鍋を離れの長火鉢にかけ、ゆっくりかき混ぜ始めた。長四角で格《こう》子《し》になっていて、餅を焼くには丁度良い吉原五徳《よしわらごとく》の上へ、貧乏神の金次《きんじ》が大福を置いてゆく。

「ところで鈴彦姫《すずひこひめ》、長火鉢にあるこの五徳、何で吉原五徳って言うんだ？」

「金次さん、さて、どうしてでしょう。ああきっと、五徳が自分で名乗ったんですよ」

「なるほど。付喪神《つくもがみ》になった奴《やつ》がいたんだね」

その横で、猫又《ねこまた》のおしろは甘酒に入れようと、生姜《しょうが》をすり下ろしている。そして、ちょいと首を傾《かし》げた。

「最近、寒い日ばかりですねえ。今日なんか、朝より昼の方が冷えてるし」

そういえば空は曇っており、日差しもない。良くないことが起きそうな日だと言って、おしろは首をすくめた。

「街道沿いでも、雨が多いとか。猫じゃ猫じゃが踊れないんで、戸塚辺りに住む猫又達が、江戸へ気晴らしに来てるんですけどね」

ところがそんな時、吉原で猫又が二匹、行方知れずになった。他所者《よそもの》が来たせいだと言い出した者がいて、揉《も》めだし、おしろは気を揉んでいる。

「やれやれ、とんだ言いがかりだな。まあ猫又なら、滅多なことにはなるまい。大丈夫だろう」

佐助が慰める横に、もう一人の兄や仁吉《にきち》が現れ、丸い火鉢を離れに置く。

「数が多そうだ。こっちでも、大福餅を焼けばいい」

だが待てない小鬼の鳴家達が早、餅にかぶりついて、きゅい、きゅわ、嬉《うれ》しげに鳴いている。

するとその時、長崎屋の横手にある木戸が、ふらりと開いた。

「あれ、あたしが閉め忘れましたかね?」

場久が首を傾げ、付喪神の屏風《びょうぶ》のぞきは、いつもの岡《おか》っ引《ぴ》き、日限《ひぎり》の親分でも来たのだろうと口にした。親分は何故《なぜ》だか、離れに美味《うま》いものがあるときに現れて、ごっそり食べてゆくのだ。

ところが。

この時、妖達の間に、ぴりりとした何かが走って、離れが一瞬で静かになった。仁吉と佐助がさっと動き、若だんなを背に庇《かば》う。いきなり長崎屋の庭へ入ってきたのは、頰被《ほおかぶ》りからざんばら髪がこぼれ出ている、見たこともない男であった。途端、若だんんなの目が見開かれる。

「何と……あの人、骨が透けて見えてる」

男は骸骨《がいこつ》が、人の影をまとっているかのような、奇妙な見てくれをしていたのだ。それは貧乏神の金次とは違い、痩《や》せているという程度のものではない。一応、黒っぽい衣を身につけていたが、血も肉も、その身に付いていないかのように思えた。

（いや、そういうことだけなら、慣れてるんだけど）

長崎屋は、妖達と縁が深いのだ。よって離れには、人の姿になれない妖とて、よく来ている。

（だけど……）

若だんなは己が震えているのを感じ、歯を食いしばってそれを押さえた。

（今、入ってきたこの〝誰か〟は、長崎屋にいる妖達とは違う。何と言うか……ただ、怖い）

総身から、目を向けるのも恐ろしい何かが滲《にじ》み出ているのだ。現れただけで、辺りは緊張に包まれた。最近続いている寒さは、この者のせいだと納得がいく。昼間から、こういう者に踏み込まれたのは、初めてであった。

（長崎屋にいる妖達に引かれて、入って来たのかしら？）

すると、ここで、仁吉が一歩前へ出て、縁側から、庭にいる怪異へ言葉を向けた。仁吉の本性は、万物を知ると言われている白沢《はくたく》。ゆえに違《たが》えず、相手の名を告げたのだ。

「お前、狂骨《きょうこつ》だね」

狂骨は、井戸の内にある白骨、つまりは恨みと共に、死んでしまった者だという。

「古来、井戸で溺《おぼ》れ死ぬ者は多い。だが、その恨みが天まで達し、地をもえぐる程でなければ、狂骨にはならぬと聞く。ならば、だ」

なぜ長崎屋へ来たのかと、仁吉は怪異へ問うたのだ。

「長崎屋は先代が開いた店で、大して古くはない。井戸も店を開いたときに掘ったものので、内で亡《な》くなった者とていない。お前、長崎屋の者に、殺《あや》められたのではなかろう？　祟《たた》りたい相手は、この家にいないはずだが」

その言葉を聞いた狂骨は、ただ身を揺らした。骨同士が当たるのか、身から小さな音が聞こえてくる。若だんなはその音を聞いた途端、総身に震えが走って強《こわ》ばる。何も出来なかった。

「ぎゅべっ」

怖がった小鬼が数匹、影の内へ逃げる。狂骨はその時、わずかに離れへ近寄ってきたように見えた。また、カタカタと骨が鳴る。そしてじき、小さな声が聞こえてきた。

「祟ってやる。あやつも、縁のある者も、全《すべ》て祟ってやる。そうだとも」

一人も逃さないと、乾いた風のような声が聞こえた。言葉ははっきりしないのに、不思議と何を話しているかは、分かるのだ。

「この屋の主《あるじ》は、死なねばならん。ならん」

「そもそも誰を、何を恨んでいるのだ？」

仁吉の声が、鋭さを増す。すると。

その時、雲間からわずかに日が差して、庭を照らした。若だんなは、急に身が動くのを感じ、咄嗟《とっさ》に、部屋の隅にある文机《ふづくえ》に飛びつく。中から以前、高僧寛朝《かんちょう》に書いてもらった護符を取りだすと、怪異の方へ示した。

すると！

狂骨は、明らかに嫌がったのだ。そして、今までそこにいたのが夢であったかのごとく、消えてしまった。誰かが一つ息を吐くと、庭の寒さが緩んでゆく。

「きゅべー、いない」

「何故だろ。護符も無くなってる」

妖達は騒いだが、とにかくほっとした様子でいる。だがその時、庭に残っていたのか、かすかな声が皆の耳に届いてきた。

「何で……我……だけが」

何で、なんで……なん、で。

「ぎゅんいっ」

鳴家達は泣きべそをかき、縁側で縮こまってしまった。それを若だんなが拾って袂《たもと》に入れ、撫《な》でて落ち着かせる。兄《にい》や達二人は顔を見合わせ、眉《まゆ》を顰《ひそ》めた。

「妙な奴が現れましたね」

「しかも、何やら妙なことを言ってたな」

佐助の低い声がした。あの怪異は、恨みで凝り固まっていたのだ。その恨みの大本を、長崎屋の誰かが作ってしまったとは思えないが、恨む相手の縁者まで、祟ると言っていたのだ。つまり。

「あの狂骨、何者なんだろ？」

これでは、どうしたらよいのか分からない。長崎屋の皆は、顔を見合わせることになった。

2

長崎屋の離れで、障子戸がきっちり閉められた。

そしてそこに、今日の昼間、離れへ来ていた妖達が集まる。鳴家達に屏風のぞき、鈴彦姫、おしろ、場久、金次が並び、若だんなと兄や達に向き合った。

「皆、大丈夫だった?」

若だんなが問うと、袖《そで》の内で震えている鳴家以外は、結構気丈な様子で頷《うなず》いてくる。

一方若だんなは、自分の顔色が蒼《あお》くなっていることを、ちゃんと心得ていた。

「あの、ここにいる皆も、さっき現れた、狂骨を見たよね。あいつは、この屋の主は死なねばならんと言ってた」

しかし一体誰に、どんな恨みを抱いているのか、何をする気なのかも、とんと分からない。だが。

「あの狂骨が、祟ると思い定めている以上、訳は関係ないんだ。とにかく今、おとっつぁんが危ういと思う」

狂骨のことがなくとも藤兵衛《とうべえ》は、ずっと体調がすぐれずにいる。仁吉と医者の源信《げんしん》のおかげで、ようよう起き上がれるようにはなったが、まだ本復とは言いがたかった。

「ここで怪異にとっ捕まったら、拙《まず》い。おとっつぁん、あいつに襲われたら逃げ切れないと思うんだ」

若だんなは一旦《いったん》言葉を切り、集まっている妖達を見た。そして離れの畳に手を突くと、皆に、深く深く頭を下げたのだ。

「あの狂骨は、見ただけで顔が強ばるような奴だった。私は酷《ひど》く怖かった。寸《すん》の間《ま》、動けなかったよ。仁吉と佐助に守られて、すくんでた」

なのに。若だんなは今、妖達に、無茶な頼み事をしようとしていた。勝手な願いだと、自分でも分かっている。

「おとっつぁんを助けたい。でも相手が狂骨となると、同心《どうしん》の旦那《だんな》や、日限の親分に頼むわけにはいかないんだ」

人が出張って、どうにかなる相手とも思えなかった。だから味方が要る。

「皆、力を貸してくれないか。あいつは祟ると言ってたから、敵にしたら、どんな災難が降ってくるか分からない。けど、それでも」

助けて下さい。若だんなは深く頭を下げたまま、皆に願ったのだ。

すると。驚くほどさらりとした声が、離れで聞こえた。

「若だんな、そんなことをしないで下さい。この仁吉と佐助は、端《はな》からいつだって、若だんなの味方ですよ。この長崎屋へ来た時から、決まっていることです」

兄や達は、あっさり告げてくる。次に屏風のぞきが、手をひらひらと振ってきた。

「あたしも味方だよ。正直に言うと、あの狂骨って奴、怖いけどね」

しかし同じ妖であれば、対峙《たいじ》する方法もあろうと、付喪神は結構落ち着いて言う。

「だけどさ、井戸に落ち、人ならぬ者に化すといったって、どうして、ああも浅ましくなっちまったのかね」

己を失い、妄執のみが凝り固まって、祟りへと突き進んでいる感じであった。着物を着て、一応人らしき格好を取っているのに、何かが吹っ飛んでいる気がする。

「あれじゃ話しあうことは、できそうもないねえ。ちゃんと話してはいたが、こっちの言うことを、聞く気がしないよ」

屏風のぞきは、狂骨を押さえるのは大変だろうと、何故だか明るく言う。

一方、悪夢を食べる場久や、貧乏神の金次など、いつも当てに出来る二人は、珍しくも顔を強ばらせていた。ともかく若だんなへ、自分達も当てにしなよとは言ってくる。ただ。

「正直まいったね。さっきの狂骨が、貧乏を怖がるとは思えないからさ」

金次は今回、役に立たないかもしれぬと、こぼしている。それは獏である、場久も同じであった。

「あの骨男、夢なんか見るんでしょうか。いやそもそも、寝るのかな？」

夢の内を探って、一体誰に殺されたのかなど、肝心なことを知りたいところだが、それがこの度は難しいようなのだ。場久は首を横に振った。

「やれ狂骨は、骸骨に皮が張り付いたような見てくれだった。あれじゃあ顔も分かりゃしない」

表を歩いたら、それだけで騒ぎになりそうだが、笠《かさ》を被り、手ぬぐいで頬被りでもすれば、人の内に紛れることとて出来そうだ。

「きゅんい……鳴家はこわい。きょうこつ、こわい」

鳴家達は、ようよう若だんなの袖から出たものの、まだ互いに身を寄せあっている。

「小鬼、無理しなくてもいいぞ。元々お前さん達は、大して役に立ってないんだし、隠れてろ」

屏風のぞきに言われて、何匹かの小鬼達が、足を踏ん張った。そして若だんなに、ちゃんと鳴家も役立つと、言ってきたのだ。

「鳴家はいっちばん。でも鳴家、こわい」

若だんなが頷き、鳴家を膝《ひざ》にのせると、頭を撫でてやる。他の妖達も、調べ事くらいは大丈夫だと言ってきたので、若だんなはゆっくり頷く。

「今まで、狂骨の話など聞いてなかったよね。だからあいつが現れたのは、そんなに前の話じゃないと思うんだ」

妖ですら怖がるものが姿を現したら、すぐ、噂《うわさ》を聞いたはずであった。妖と化すのに時が掛かったにせよ、あの怪異が殺されたのが、遠い昔のこととは思えない。

「ここ一、二年の内だと思う。だから井戸で亡くなった人がいないか、尋ねて回ってくれないか」

まずは狂骨が、どこの誰かを知りたいと、若だんなが言う。そうすれば恨む訳や、その相手が分かるはずだ。うまくして、恨んでいる相手から事情を聞くことができれば、供養《くよう》することが出来るかもしれない。

すると仁吉が頷いてから、言葉を付け足した。

「あの狂骨は、言ってました。〝あやつも、縁のある者も、全て祟ってやる〟と。つまり、狂骨の恨みを買ったのは、この長崎屋の知り合いです」

途端、妖達が顔を見合わせる。長崎屋の主藤兵衛は丸い人柄をしており、知人も人の良い者達が多い。近所の店主達とて、通町《とおりちょう》は大店《おおだな》が多くゆとりがあるせいか、太っ腹な御仁《ごじん》が顔を揃《そろ》えていた。

「少なくともさ、長崎屋の縁続きで、人を井戸へ放り込んじまうような悪党は、思いつかないぞ」

誰なんだろうと場久が首を傾げると、妖達も顔を顰《しか》めて話し始める。すると佐助が屏風のぞきの耳を引っ張って、表を指さした。

「あれこれ喋《しゃべ》ってる間に、さっさと調べに行ってこい。知りたいのはお前らの思いつきじゃなくて、本当にあったことだ！」

「ひゃーっ」

「きゅいきゅい」

瞬《まばた》きする間に皆は影内に消え、ついでに焼けた大福餅と甘酒も見事に消えた。残ったのは、若だんなと兄や達で、剣呑《けんのん》な妖が現れた今、二人は若だんなの側《そば》から離れないのだと分かった。

「皆にだけ、ことを押っつけてはおけないよ。私も頑張るつもりだけど……今、外へ行くと言うと、二人は止めるんだろう？」

「若だんな、その通りです。道に狂骨が、うろついているやもしれませんから」

「じゃあ、舟を呼んで。あいつ、わざわざ歩いて長崎屋へ来たんだから、空を飛ぶ訳じゃなかろ？　護符を持って、舟で出れば大丈夫だよ」

若だんなは、お寺を回りたいと言いだし、兄や達を驚かせる。

「寺、ですか。なぜです？」

「狂骨の名前が分からないから、奉行所が持つ人別帳や、寺にある過去帳を当たることは出来ないよね」

しかし。

「誰かが井戸へ落ちて亡くなったら、葬式に行った御坊《ごぼう》がいるはずだ」

そして、井戸で亡くなる御仁は珍しい。

「御坊様ならきっと、その誰かのことを、色々覚えているよ」

「それは良い考えです。そうですね、離れで気を揉《も》むより、舟で出かける方が疲れないでしょう。若だんなは以前、寝ているのに、具合が悪くなったことがありましたから」

ここで佐助が、横着なことを言い出した。

「僧を調べるのでしたら、広徳寺《こうとくじ》へでも知らせをやり、寛朝様を当てにした方が早いのでは？」

寛朝には几帳面《きちょうめん》な弟子、秋英《しゅうえい》がいる。頼めば、きっちりこなしてくれるに違いなかった。だが若だんなは、首を横に振る。

「駄目だよ。ほら寛朝様は今、寺の御坊様のことで、手が一杯だから」

「ああ、あの話。まだ、片付いていなかったんですか」

広徳寺の僧に、好いた相手が出来てしまったという騒ぎが、暫《しばら》く前にあったのだ。するとと仁吉が笑った。

「御坊も男。おなごと出会ってしまうことも、ありますよ。広徳寺は、大きなお寺ですからね。御坊の数も多いですし。ええ、今まで色々見てきました」

人ならぬ者である兄や達は、長い時を生きているから、こともなげに言う。

「確かその広徳寺の御坊は、安時《やすとき》様と言う名でしたよね。相手は吉原の遊女で、菊《きく》。互いに余程本気のようだとか」

しかし三十路《みそじ》を過ぎた僧を、今更寺へ入れるための金を用意してくれた、生家へ戻す訳にはいかないらしい。だが、おなごは年季明けが近いし、安時も、手習いの師匠ならば出来るはずだ。何とか還俗《げんぞく》させ、相手のおなごと二人で稼いでいけばいいと、世慣れた僧、寛朝は言っていたのだ。

「なのに、まだ終わっていなかったのですね。さっさと御坊を、寺から出せばいいものを」

「仁吉、仕方がないよ。うっかり女犯《にょぼん》をしたなんて言われたら、御坊は日本橋の近くで、さらし者にされてしまうもの。慎重にことを運んでるんだよ、きっと」

やれやれと言ってから、佐助は若だんなのため、綿入りの着物と温石《おんじゃく》を揃え、次に舟を用意しに出る。一方仁吉は、庭にある稲荷《いなり》から化け狐《ぎつね》たちを呼んだ。兄や達が出ている間、藤兵衛のことを頼んだのだが、狐達は既に手を打ったと返してきた。長崎屋には、戦いに強い狐達が集まるという。

「何しろ我らがお守りする、おたえ様の旦那様が、危ないのですから」

いきなり怪異に手を出されたのでは、化け狐の名が泣くという。

「ですから長崎屋の内のことは、心配なさらずとも大丈夫ですよ、若だんな」

ふさふさの尻尾《しっぽ》が、幾つも振られる。

「頼もしいね。じゃあ出かけるから、寛朝様から頂いた妖退治のお守りも、使っておくれ、文机の中にあるから、おとっつぁんの部屋や店に貼《は》っておいて」

横手の堀川から舟に乗ると、鳴家達が三匹、顔を引きつらせつつ、それでもついてきた。

「今日は御坊様を訪ねるだけだから、大丈夫だよ」

若だんなが袖に入れてからそう言うと、小鬼達は三匹で丸くなって、頷いていた。

3

まずは深川の寺から回ると決めると、若だんな達三人は、舟で堀川を東へ進んだ。するとと途中、屛風のぞきが、必死に川岸を駆けてきたと思ったら、大声で呼んだのだ。

「若だんな、大変だっ。話があるから、ちっと岸へ寄ってくれ」

慌《あわ》てて近くに見えた小さな船着き場へ、佐助が舟を寄せる。付喪神は二匹の鳴家と共に、そこへ来た。

「屛風のぞき、どうした？　早々に狂骨の名でも、分かったのか？」

仁吉が問うと、付喪神は首を思い切り横に振る。

「違うんだ。うん、あたしと鳴家は確かに、あの狂骨のことを調べてたんだけど」

井戸で死んだという者のことなら、井戸職人に聞くのが早い。屛風のぞきはそう思い、近くに住む職人を訪ねていったのだ。

「おお、考えたな」

仁吉が褒めたが、屛風のぞきは珍しくも、自慢をしてこなかった。代わりに、話の先を急ぎ語る。

「ところがさ、その職人の住まいへ行き着く前に、あたしは葬儀に出くわしたんだ」

井戸職人の長屋は、葬式を出していた店の裏手にあったのだ。

「すると、さ。弔いに来た人から、気味悪い話を聞いたのさ」

亡くなったのは仏具屋のご隠居で、家の裏庭で倒れていたという。

「でもさ、前日までは、しゃっきりとしていたそうだ」

そして急死した。医者は、心の臓でも悪かったのではと言ったが、そんな素振りは全くなかったらしい。

ただ。

「亡くなる三日ほど前から、ご隠居が、気味が悪いと漏らしてたっていうんだよ。〝骨が来た〟って言って」

薄気味悪い姿を見たと、繰り返し言っていたらしい。それで何かに祟られたのではないかと、仏具屋の家族が、怖がっているというのだ。

「つまりその仏具屋さん……狂骨に祟られて、亡くなったってこと？」

若だんなは舟の上で、目を見開いた。恐ろしい怪異の素性を探しに出かけたら、殺された者が湧《わ》いて出たのだ。ここで屏風のぞきの袖内から、小鬼がちょいと顔を出し、仏具屋の隠居を知っていると話し出した。

「若だんな、長崎屋のお仏壇、あの店で買った。あのとき白いお饅頭《まんじゅう》くれた」

「長崎屋とその仏具屋は、縁があったんだ」

とにかくその事を伝えようと、屏風のぞきは一旦、長崎屋へ戻ろうとしていたらしい。その時、若だんな達と行き会ったのだ。

「事情は承知した。屏風のぞき、井戸職人の方へ行ってくれ」

仁吉の言葉に頷くと、付喪神は二匹の鳴家を連れ、通りへと戻っていく。棹《さお》で舟を堀川の流れへ戻しつつ、佐助が顔を顰めた。

「どうやら思っていたよりも、ことが早く進んでいるようですね」

若だんなは、遠ざかる屏風のぞきの背を見た。

「のんびりしてると、事情が分かった頃には、知り合いが大勢、亡くなってしまいそうだ。調べを急がなきゃ」

だが、ろくに進まないうちに、舟はまた堀川で止まることになる。今度はおしろが、先にあった船着き場で、待ち構えていたのだ。

「若だんな、怖い話を聞きました」

「ありゃおしろ、どんな話だい？」

「吉原で猫又が二匹、行方知れずだと言いましたでしょう？」

その猫達は猫捕りに攫《さら》われ、三味線にされたと、噂が伝わってきたのだ。とにかく、二匹とも死んだのは間違いないと。

「でも猫又なんて、歳《とし》くってます。皮目当てなら、狙《ねら》われるのは若い猫。猫又が捕らえられたなんて、聞いたことありませんよ」

二匹は何故死んだのか。納得出来なかったおしろは、吉原で変事がなかったか、大《おお》門《もん》の内を聞いてまわった。すると、やはりというか、怖い話を摑《つか》んだ。

「花魁《おいらん》が飼っている虎猫《とらねこ》が言ってました。吉原には、暫く前から怖い噂があったんですって。骸骨が夜な夜な、大門の内を歩いてるって話だそうです」

ただ吉原では、哀れな死に方をした遊女も多く、恐ろしい話が多々伝わっている。今更〝骸骨〟の話が加わったところで、人も猫達も、騒いだりしなかったのだ。

「骸骨……狂骨かしら」

若だんなは舟の内で、兄や達へ目を向ける。

「気になるね。深川の寺を訪ねた後、吉原へも足を延ばそうか」

「若だんな、遠すぎます。刻限も遅すぎですす。今日訪ねるのは、近所だけですよ」

佐助がすぐに止めると、吉原へは自分がまた行ってくると、おしろが口にした。

「消えた二匹は、あの怖い狂骨から逃げのびて、どこかに隠れているのかもしれません。なら、力を貸してあげたいですからね」

若だんなは頷くと、岸にいるおしろへ、他にも調べて欲しいことを告げる。

「長崎屋と、その猫又達の繋《つな》がりは何なのか。そこを聞いてきておくれでないか」

すると答えは、その場で返ってきた。

「それはもう、分かってます。若だんなは大分前に、吉原へ行ったことがおありでしょう？　あのとき長崎屋と縁が出来たのは、妓楼《ぎろう》多摩屋の楼主、春蔵《はるぞう》さん。あの方は、猫又が暮らしていた妓楼の主と、友達だそうで」

「……何だか、妙に薄い縁だね」

仁吉は首を傾げたものの、あの狂骨がきちんと考えて動くかどうか、確かではない。

「吉原との縁は、何かすっきりしないな。狂骨があの地に現れたのはなぜか、もう一度詳しく調べてくれ」

おしろは仁吉へ頷き、岸から離れる。だがすぐに戻ると、これを渡し忘れていたと言い、一枚刷りの紙を渡してきた。

「おしろ、これはよみうりかい？」

「吉原近くで買ったんですよ。二匹の猫又が、仇討《あだう》ちにあったって話が、書かれています」

江戸では、身分のある武家の話を、読み物に書くのは拙かった。よって猫や妖達、昔の人たちの話に直して、よみうりや、物語にすることが多かった。

「だから買った人達は、きっと武家の話だろう、どこの御家中のことかと噂してましたけどね。でもよみうりに書かれていた猫又達は、いなくなった二匹と同じ名でした」

なぜ猫又が敵役になっているのか、よみうりを読んだおしろは、気になっているのだ。

「そのよみうりには、猫又は祟る、ろくでもないものだって書いてありますし。信じた楼主が現れたら、吉原中の猫が気味悪いと言われて、三味線の皮にされかねませんよ」

「あの狂骨、話すことも出来たけど。このよみうりの話、あいつが流したんだろうか」

「よみうりを書いた人を、見つけられたらいいんですけど」

ようよう、おしろは岸から離れたが、舟は動きだすことにならなかった。そこへ更に、場久や鈴彦姫が次々と顔を見せ、新たな怪異の噂を持って来たからだ。若だんなが舟で出たことを、離れで聞いたらしい。

「半月前、蠟燭《ろうそく》屋が突然店を畳みました。葬式を出した、仏具屋の知り合いだそうです」

場久が、神田にあった辰巳屋《たつみや》の話をする。鈴彦姫は御役人が一人、行方知れずとなっていると、噂を聞き込んできた。

「小検使《しょうけんし》をしてたお人ですって。どんなお役目なんでしょうね」

どちらの話にも、当人達が何かを酷く恐れていたという話が、くっついていた。

「やはり、狂骨絡《がら》みの話でしょうか」

「仁吉、佐助、蠟燭屋はともかく、お役人は役目に戻っていないようだ。拙いね」

それから、ようよう舟を出す。舟は最初、八丁堀近くを行き、岸ではせわしく人が行き来していた。だがじき、堀川沿いには広い武家屋敷ばかりが並ぶようになり、人の往来がぐっと減った。大名屋敷の周りは土塀か、侍長屋《さむらいながや》などが続いている。商売にならないためか、店などなかった。日本橋も近いというのに、たまに人が通り過ぎるくらいで、振り売りの姿すら見えない。

若だんなは長く続く侍長屋を見つつ、一寸《ちょっと》口をへの字にした。

「ああいう広い屋敷内にある井戸で亡くなったら、狂骨が誰なのか、分かりにくいだろうね」

「確かにそうですが」

佐助は舟の棹を操りつつ、塀へ目をやる。

「ですが長崎屋は、中のことが他所に漏れない程の大きな侍屋敷とは、縁などなかったように思います」

大名家などには、出入りの医者がいるからだ。長崎屋は、大名家の御出入り先を持っていなかった。

「それもそうか。狂骨が狙っているのは、長崎屋と縁のある者、なんだよね」

今までに、狂骨に狙われたと分かったのは、長崎屋と仏具屋、吉原の猫又、蠟燭屋、小検使という御役人だ。

「はて、どういう繋がりなのかな」

若だんなが首を傾げた時、舟が突然大きく揺れた。驚いて、棹を握る佐助を見ると、兄やは岸に鋭い眼差《まなざ》しを向けている。そちらへ顔を向けた途端、若だんなは総身に震えを感じた。

4

「ひゃあああっ」

人の行き来が途絶えている道を、必死に駆けている者がいた。

墨染めの衣といい、剃髪《ていはつ》した頭といい、見てすぐに僧だと分かる。まだ若いその僧は、他に誰もいない道を、遁走《とんそう》していたのだ。

（どう見ても、何かから逃げてるみたいだ）

僧の後ろを追っている者など見えなかったが、何を怖がっているのか、若だんなにはすぐに分かった。

（多分……狂骨だ）

怪異に出会った時、長崎屋で感じたあの寒さが、舟の内にも満ちてきたからだ。

「近くにいますね」

仁吉が短く言い、若だんなを庇うように横にくる。鳴家達が黙ってしまった時、若だんなは、棹を握る佐助へ頼んだ。

「舟を岸へ着けて。あの御坊様を、助けておくれでないか」

御坊は一人きり。あのままではきっと、狂骨から逃げ切れない。

「お助けしよう。あの御坊から、狂骨とどんな因縁があるのか、お聞きしたいし」

「なるほど。しかし、若だんなが乗っています。狂骨がいる場所へ近づくのは、よろしくないですよ」

「佐助、でもね」

若だんなが、そう言いかけた時であった。

「だから仁吉、棹を頼む」

佐助は長い棒をぽんと放ると、舟の内で一瞬、ぐっと身をかがめた。そして舟から思い切り飛び出すと、遥《はる》か先、岸近くにあった杭《くい》のところまで、一気に達したのだ。

「わあっ」

若だんなが目を見張っている先で、佐助は更に杭から、堀川の岸へ飛び移る。いきなり大男が道に現れたので、走っていた僧の足が一瞬止まった。

すると。

聞こえるはずもないほど小さな小さな、カタカタという音が、若だんなの耳に届いてきたのだ。

(あいつが、いる)

姿を現そうとしている。今度こそ消えることはなく、襲ってくるのかもしれない。

(怖い、兄や達が側にいてくれるのに、怖い)

若だんなの顔が強ばった、その時。

佐助が手妻《てづま》のような早さで僧に近寄り、あっという間に、その身を肩へ抱え上げた。そして人を抱えたまま、またひとっ飛びして先の杭まで飛ぶと、そこから先に僧を、仁吉へ放って寄こす。

「ふああああっ」

宙に浮いた僧が、妙な声を漏らしている間に、仁吉は軽いもののように、あっさり僧を受け取った。その時も、次に佐助が舟に降り立った時も、小さな舟なのに大して揺れもしなかった。

「おおっ、凄《すご》い。佐助や仁吉の力業、久方ぶりに見たよ」

若だんなが目を輝かせると、兄や達が揃って満足げに笑う。若だんなが名乗ろうと、若い僧へ顔を向けたその時、僧は岸を指さし、頓狂《とんきょう》な声を上げた。

「あっ……あ、現れた。あいつだ。出てきたっ」

川面《かわも》を、冷たい風が吹き抜ける。確かに一瞬、笠を被った案山子《かかし》のような者が、道の先に姿を見せてきた。

だが。若だんなが護符を持っていたからだろうか。狂骨は、あっという間に舟から見えないところへ消えると、もうそれきり、皆を追ってはこなかった。

若だんな達はその後、向かうつもりであった深川ではなく、若い僧の寺だという、上野の東叡山寛永寺《とうえいざんかんえいじ》へ向かうことにした。

兄や達も、今回ばかりは否《いな》と言わなかった。狂骨が今この時も、動き回っていると分かったからだ。

「寝ている時、あの狂骨に離れへ踏み込まれては、若だんなの具合が悪くなる。今回の件、早めに片付けねば拙いようです」

その上若い御坊は、寛永寺の昌道《しょうどう》と名乗りはしたが、それ以上、ほとんど喋らなかった。どうして上野から離れた道で、狂骨と関わることになったのか、教えてくれない。それで仁吉が、黒目を針のように細くした。

「ならば長崎屋としては、寛永寺の寿真《じゅしん》様と早々に、話し合わねばなりません。ええ、こんな騒ぎになっているのに、長崎屋へ隠し事をしようなど、とんでもないことで」

よって三人は僧を連れ、寛永寺へ押しかけると、まずは知り合いの僧、黒羽《くろは》を呼び出す。そして江戸でも名の知れた高僧、寿真に話を繋いでもらったのだ。黒羽は寿真の弟子だが、その本性は片羽根を失った天狗《てんぐ》で、長崎屋とは縁が深かった。

「師が、お会いになるそうです」

名僧の暮らす堂宇へ通され、若だんな達は寿真と黒羽、それに昌道と向き合う。ここで高僧がまず顔を向けたのは、昌道であった。

「無事だったか。なかなか帰って来ぬので、心配しておったのだ」

すると返事をしたのは、何故だか佐助であった。

「寿真様、昌道御坊は武家屋敷近くの裏道で、怪異に追いかけられていたんですよ」

「か、怪異？」

狂骨だと聞き、寿真と弟子の黒羽が一瞬目を見合わせる。ここで若だんなが、長崎屋に狂骨が現れた時から始まって、親が狙われ、他にも多くが祟られていることを話すと、寿真は眉間《みけん》に皺《しわ》を寄せた。

「何と……江戸で狂骨が、暴れておるというのか。長崎屋の者が直《じか》に見たと言うなら、間違いはあるまい」

すると、ここで昌道が板間で深く頭を下げ、武家屋敷近くで本当に怪異と相対したことを、寿真へ告げる。そして情けなくも逃げるしか出来ず、長崎屋の者に助けて貰《もら》ったと話し出した。

「しかし寿真様、あの地にいた事情はまだ、長崎屋さんへ告げてはおりません。言って良いのか、判断が付きませんでしたので」

長崎屋には申し訳無かったと、昌道は再び頭を下げる。寿真は頷くと、他言無用と念を押してから、寛永寺の事情を語り出した。

「実はな、徳川家の菩提寺《ぼだいじ》であり、天台宗の関東総本山、ここ東叡山寛永寺の僧が、おなごを囲っているというよみうりが出たのだ」

「それは……昌道殿が、舟の内では話せなかった訳だ」

佐助が声を低くする。僧が女犯したとなれば、日本橋の東側に、三日間晒《さら》されると決まっている。いや場合によっては、斬首《ざんしゅ》になる場合もある大問題であった。勿論《もちろん》、おなごに手を出した僧だけでなく、寛永寺を預かる高位の僧達にも責めが及びかねない。

「存じておろうが、よみうり達は顔を隠し、あっという間に一枚刷りを売り切って、隠れてしまうことが多い。今回は寛永寺の名を記した、剣呑なものを出している。なおさら用心深く、誰が出したのか分からなかった」

それでも、僧の女犯という大問題は、いつの間にやら寛永寺にまで伝わっていた。問題の一枚刷りまで、ちゃんと手に入ったと言い、寿真は若だんな達へ見せてくる。

「寛永寺の僧というだけで、よみうりに、女犯を犯した僧の名はなかった」

売られていたのは、日本橋から少し外れた裏の通りだったらしい。それで昌道は寿真の意を受けて、よみうりが売られていた辺りを調べに行ったのだ。

「もし僧が、おなごへ一軒持たせ、通っているとしたら、表通り近くの繁華な場所は無理です。すぐに噂になるでしょうから」

それで、武家屋敷の離れを借りているかもしれないと、昌道は人通りの少ない辺りへ足を延ばした。すると。

「そこで現れたのはおなごではなく……骸骨が布をまとったような姿でした」

そして、突然祟ってやると言われたのだ。

「あやつと縁のある者は、全て死なねばならんと言ってきました。そう、長崎屋の藤兵衛さんが言われたことと、同じですね」

立ちすくまず、怪異から逃げ出すことが出来たのは修行のおかげであり、御仏《みほとけ》の加護があったからだと昌道は続ける。

「それでも、逃げ切れる気がしませんでした。辺りが急に寒くなってきて……これが日頃、寿真様が退治されている怪しのものだと、得心しました」

足音は聞こえないのに、迫ってきていると分かった。もう駄目かと思った時、堀川に舟が現れ、誰かがあっという間に、己をそこへ運んでくれたのだ。

「ありがとうございます。命を拾いました」

頭を下げる昌道の顔色が蒼かったので、寿真は、もう良いから部屋で休むよう口にする。若い僧が去ると、若だんなは寿真に目を向け、更に黒羽を見てから言った。

「寿真様、このよみうりに書かれている僧ですが。多分寛永寺では……黒羽さんだと思われているのではないですか？」

「ほう。なぜそう思うのかな？」

「今回寿真様がことを調べるのに、黒羽さんではなく、他の僧を使われたからです」

黒羽は長命な妖《あやかし》だから、昌道よりも余程世慣れている。調べごとは得意なはずだ。

「なのにわざわざ、昌道御坊を使っておいでだ。黒羽さんを寺から出さないのには、訳があるのだろうと思いました」

「……よみうりに書かれた僧だが、大男らしいと噂があるのだ」

修行中の天狗黒羽は、目立つほど大きい。他の僧達の目が厳しくなったので、寿真は今、黒羽を寺内へ留めていると言った。

「相手が狂骨でも、黒羽ならば逃げるくらいは出来ただろう。だが、昌道では。いや、今日は長崎屋の御仁らが居合わせてくれて、助かった」

黒羽は妾《めかけ》の件と関係ないゆえ、迷惑なことだと、寿真はぶつぶつ言っている。ここで仁吉が、目を半眼にした。

「あの、寿真様。御坊は妾を囲っているという僧が誰なのか、もう見当をつけておいでなのではないですか？」

高僧はその僧を良く知るゆえ、困っているのではないか。兄やの言葉には、遠慮が無い。

「違いますか」

寿真は怖いような顔つきになった後、ふっと肩から力を抜いた。そしてため息を漏らすと、鋭すぎるのも考え物だと、勝手なことを言い出した。

「この寺の僧が妾を囲っていると、前々から噂はあった。しかし拙僧は、名を掴みかねておってな」

しかし今回、〝背が高い〟という話が聞こえてきて、寿真はその僧の名を知った。

「本当ならば急ぎ、何とか寺から逃してやらねばならん。それで、確かめに行かせたのだ」

己が優しいからではない。女犯の罪は重すぎるゆえだと、高僧寿真は言い出した。

「きゅわ？」

「僧がおなごを囲うのは、許されてはおらぬ。それを承知出来ず勝手をするなら、寺から追い出されるのは仕方がない」

暮らすところも生きてゆくための金も、僧という立場も失う訳だ。露見すれば、そうなると分かっていて妾を囲ったのだから、どうにもならぬと、寿真は突き放すように言う。

「しかし、だ。罰として、首が胴体から切り離されることもあるのは、果たして御仏の考えに叶《かな》うことなのか」

一度の過《あやま》ちならばともかく、今回は長く妾を囲い、金の出所も知れぬようなので、その僧は大いに危うかった。

「だが僧は、首切り役人ではない。間違いを犯した馬鹿《ばか》な僧でも、人を殺《あや》めた訳でなし、おなごを騙《だま》し、人買いに売った訳でなし。命は繋いでやりたいのだ」

あいつはまだ若いゆえと、寿真が漏らす。すると黒羽が目を見張った。その目が泳ぎ、じき、唇を噛《か》むのを若だんなは見た。

(おや、誰が妾を囲っているのか、黒羽さんにも分かったみたいだ)

するところで、黒羽が突然畳へ両の手を突き、若だんな達へ頭を下げてきたのだ。そして力を貸して欲しいと、若だんなへ頼んできた。

「若だんな、お願いです。妾の件、何とか穏便に済ませることは出来ぬでしょうか」

何か案がないかと、問うてきたのだ。

「長崎屋に、寺内の件へ首を突っ込めと言うのですか？　寿真様が、何とかなさるでしょうに」

しかし、黒羽の眉間には、くっきりと皺が刻まれている。

「もし……我が名を思いついた者が、妾を囲っているとしたら。その僧は別の僧に、嵌《は》められたのかもしれませぬ」

寛永寺で、以前から囁《ささや》かれていた妾の噂話を、上手《うま》く使おうと思いついた御仁が、いたのではないか。若い僧をおなごへ近づけ、寺の金に手をつけやすくして、そそのかしたのだ。黒羽はそういうことがあったのではと、感じているという。

「勿論、それでもおなごと関わるなど、僧としてやってはならぬこと。分かっております。ですが」

馬鹿をしたその僧は、若すぎる。外におなごを囲うにせよ、寺の金子《きんす》を持ち出すにせよ、どう考えても簡単にできる立場ではない。

「まだ、力不足なのです」

寛永寺は大寺院ゆえ、出世や権力を巡り、よく揉め事が起きると、黒羽は続けた。そして今回、危うい立場になったのは、寿真と親しい僧の弟子であった。

「おまけに、何故だかよみうりが出て、あいつの悪行が知れました。実は、猫又のやったこととして、書かれていたよみうりまであったのです」

　つまりそのよみうりは、寿真と敵対する立場の僧が、わざと書かせたものではないかと、黒羽は言い出したのだ。寿真を嵌めるため、その弟子が目を付けられたのではないか。黒羽はそう考えていた。

「我が師を守りたい。しかし、我ではろくに動けぬ上、力不足だ」

「黒羽、弟子がそういう心配など、せずともよい」

　寿真が急ぎ言ったが、黒羽は引っ込まない。

「藤兵衛殿が危ないとなると、若だんなは狂骨を放っておきたくはないのでしょう？」

　ならばそちらの件で、黒羽は若だんなへ手を貸すと言う。仲間である天狗達の力添えを、頼んでも良い。

「だから若だんな、力を貸して下さい」

　黒羽は必死に頭を下げた。

　若だんなは寸の間黙って、僧となった天狗を見つめていた。

「黒羽さんも、天狗と言うより僧になってきたんですね」

　その後そっと兄《にい》や達を見ると、三人はしばし話しあう。そして若だんなは黒羽を見ると、にこりと笑った。

「黒羽さん。寿真様なら妾の騒ぎくらい、ご自分で上手く乗り切るに違いないです」

そういう点でも寿真は大物なのだと、若だんなは寛朝から聞いているのだ。

「おや、あいつときたら、褒めてくれるではないか」

寿真が、ちっとも嬉《うれ》しくなさそうに言う。

「ですが寿真様は、他の者の考えを聞くお方でもあります。御坊、今回の妾騒ぎですが、対処として、こういうやり方をなさってはいかがでしょうか」

若だんなが己の思いつきを語ると、寿真は最初、興味深げに聞いていた。だが直《す》ぐに口元を歪《ゆが》めると、いささか人が悪いような笑みを浮かべる。そして。

「やれ若だんな、そんなことをしたら、この寛永寺が大騒ぎになるな」

「はい」

「ならば好都合だ。やろう」

高僧は、きっぱりそう言ったのだ。黒羽が困ったような顔になった。

「若だんな、思っていたより……とんでもないことを、考えて下さったようで」

兄や二人が横で、声を殺して笑い出した。

5

　その日は寛永寺ではなく、馴染《なじ》みの広徳寺へ泊まることにし、若だんな達は暮れる前に、上野近くの寺へ行き着いた。高僧寛朝は、若だんなが突然訪れたことに驚いたが、いつもの通り、歓迎してくれる。

　だが客として夕餉《ゆうげ》を共にしたとき、若だんなが狂骨の現れを告げると、寛朝は目を見開いた。

「何と、江戸に、怪異が湧いて出たのか」

「長崎屋や寛永寺など、既に多くがこの件に巻き込まれています。亡くなった者までおります」

　すると、妖退治で高名な僧は、箸《はし》を置き顔を顰める。若だんなが更に、昌道の件も、他言無用でおおざっぱに伝えると、寛朝はこめかみを押さえた。

「寛永寺では最近、僧同士、足の引っ張り合いが多いと聞いておる」

　僧を大勢抱えている寺では、出世の争いもおなごの悩みも、時として生まれる。そして寿真は、下の者を見捨てぬ良き師であった。

「寿真殿は慈悲深い高僧だが、相変わらず無茶をするな。黒羽は、苦労しておるようだ」

あの寿真が、狂骨を生み出す程の恨みに関わっているとは思えないと、寛朝は続けた。よって若い昌道がなぜ狂骨に追われたか、さっぱり訳が分からないというのだ。

「あの僧はうちの秋英と仲が良くてな。生真面目《きまじめ》な奴《やつ》だ」

そして、それを言うなら長崎屋も、そんな大事に巻き込まれるとは意外だと言う。

「店には確かに、人ならぬ者が集まってはいる。だがな」

みごとにお気楽というか、気が抜けていると言い、寛朝は笑っている。

「長崎屋の妖達ときたら、昼間から大福餅《もち》を焼いているし。囲碁を打ったり、果ては寄席《よせ》に出て、怪談を語っている始末だ」

おかげで世間に顔を知られたからか、場久はまめに風呂《ふろ》屋へ行っているらしい。真《まこと》に妖らしくないとの言葉に、佐助が笑った。

「よくご存じですね、寛朝様。でも、一軒家に集まる面々は、皆でよく風呂屋へ通ってます。場久だけではないですよ」

おかげで鳴家達までが羨《うらや》ましがって、人の目には見えないのをいいことに、こっそり袖の内に入り、風呂屋へ付いていってしまうのだ。金次など面倒くさいと言いつつ、よく連れて行っているらしい。

「きゅいきゅい」

「貧乏神も、風呂屋へ行っているのか。いいのかのぉ」

「寛朝様、風呂屋は貧乏になってませんので、構わないかと」

「なるほど」

気が抜けることよと言ってから、寛朝は目を細めた。そして、小鬼へ夕餉の豆を分けてやってから、人ならぬ者である兄や達へ、狂骨の件、これからどうする気なのかを問う。

これに答えたのは、若だんなであった。

「あの狂骨は、早めに何とかせねばなりません。長崎屋は、寛永寺に力添えをお願いすることにしました」

「ほお」

「寛永寺は広いので、狂骨が少々暴れることがあっても、建物が壊される心配が少ないです。あの広さなら、騒ぎが他所《よそ》へ知れることもまずないでしょう」

よって寺へ狂骨を呼び寄せることにしたと、若だんなは言い切った。

「そして妖退治で高名な寿真様、弟子の黒羽の力もお借りし、我々長崎屋の者で、あの怪異を封じるつもりでおります」

若だんなはこれ以上、父藤兵衛を危うくする気はないのだ。兄や達が、目を針のように細くして言う。

「我ら長崎屋の妖は、若だんなをきちんとお守りいたしますよ」

勿論、あんな怪異が騒げば、寺の僧達は気がつく。あの狂骨は、現れるだけで辺りが寒くなる程、恐ろしい怪異であった。

「寿真殿が、寛永寺へ怪異を呼ぶ事を、よく承知したな」

「寛朝様、寿真様はそうすることを、却《かえ》って喜んでおられます」

つまり寛永寺が大騒ぎになれば、寺の僧達は嫌でも、この世に狂骨がいることを知ることになる。よみうりに書かれた女犯の件を、狂骨が勝手にこしらえた噓《うそ》、祟りだと言っても、それで通るようになるのだ。

「ですから寿真様は、私からその思いつきを聞くと、大いに助かるとおっしゃいました」

黒羽が助かり、妾の話を誤魔化せるのだ。高僧は快く、若だんなの申し出を承知した。

「やれ、寿真殿らしい。とんでもない話だな」

寛朝は、膳の上の飯にまで手を出している小鬼をつまんでから、息を吐く。

「ああ、皆、肝が据わっていることだ」

寛朝は、ひょいと首を傾げる。

「だが若だんな、どうやって寛永寺に狂骨を呼び寄せるのだ？　妖退治をする高僧のところになど、怪異は近寄らぬだろうに」

これに返答したのは、仁吉であった。

「寛朝様、今回狂骨は、祟るため何人かの前に現れております」

狂骨が祟った相手は長崎屋、吉原の猫又、仏具屋、蠟燭屋、小検使という役人、それに御坊の昌道であった。

「仏具屋は亡くなり、蠟燭屋は逃げ出したとか。猫又は死んだとの噂で、御役人は誰か分からずです」

あとは長崎屋と、寛永寺の御坊、それに狂骨が〝あやつ〟と言っていた、一番恨んでいる者が残っているはずだ。

よってと、若だんなが続ける。

「私が父の着物を着て、昌道さんと一緒に、寛永寺で囮《おとり》になります。ああ、父の藤兵衛は、大丈夫です」

寛朝様から貰った妖退治のお守りを、長崎屋に貼ってあるからと若だんなは笑う。あれは狂骨が長崎屋に現れた時、確かに効いた。

「狂骨を引き寄せるため、寛永寺の周りに貼ってある護符を、既に剝《は》がしてもらっております」

妖退治で有名な寺は、しっかり用心もしていたのだ。広徳寺も周りの塀には、護符は貼っている。ただ小鬼や付喪神など怪しの者が怖がるので、直歳寮《しっすいりょう》には護符など使っていないと聞いていた。

「寿真様だけでなく、寛朝様も優しいですね」

若だんなが頭を下げる。そして鳴家へ目を向けると、寛朝へ頼み事をしたのだ。

「実は今日、寛永寺から一旦、広徳寺に来たのには、訳がありまして」

「きゅい？」

「明日寛永寺へ、狂骨をおびき寄せます。その間、広徳寺で鳴家達を預かって頂けないでしょうか。その、本当に怖がってまして」

頑張って若だんなに付いてきたが、無理をさせたくはない。ことが終わったら、また迎えにくると言うと、小鬼らは若だんなの膝《ひざ》にしがみつく。寛朝は眉尻《まゆじり》を下げた。

「鳴家、広徳寺の鳴家達と、暫く一緒にいなさい」

寛朝はそう言うと、弟子の秋英が戻っていれば、己も寿真へ力を貸しに行くのだがと言い、一つ息を吐いた。

妖退治で高名な広徳寺であっても、人ならぬ者に対峙出来るのは、寛朝と弟子の秋英のみなのだ。その弟子が不在の時、寛朝まで寺を空ける訳にはいかないという。

ここで佐助が、秋英に何かあったのかと問うたので、寛朝は首を横に振った。

「いや、わしの用で出ているのだ。いなくなった広徳寺の僧を、探してもらっている」

「僧を探す？　どなたか行方知れずなのですか？」

「実は、な。前にも話しただろうが、僧を還俗《げんぞく》させようとしたことがあった。あの件がこじれて、未《いま》だに引きずっておる」

横で佐助が、首を傾げる。

「はて。吉原の遊女が絡んでいた、あの件ですか。何故まだ、揉《も》め続けているのでしょう」

高僧が珍しくも両の肩を落とし、顔を顰めた。

「いなくなった僧は安時と言って、優しい者でな。わしが妓楼へ妖退治の相談に行ったとき、供として連れて行き、遊女の一人に惚《ほ》れたのだ」

己が結んでしまった縁だったので、寛朝は悩んだ。遊女は若くはなく、じきに年季が明け、吉原から出るという。寛朝は、苦労して寺の僧達と話し合った。そして何とか理由を付け、安時を還俗させようというところまで、話を持って行ったのだ。

ところが、だ。

「安時を、送り出してやれなくなった」

「それは、どうしてです？」

「おなごが……瘡毒《そうどく》に罹《かか》っておった」

しかも瘡毒でよくあるように、一旦収まったと見えた病が、また出てきていた。つまり病は進んでおり、それを知った広徳寺の僧達は、安時を寺から出せぬと言いだした。

「あいつは真面目な僧だ。まだ遊女と寝てはおらなんだ。病になっていなかった」

しかしあの病は、大層うつりやすい。夫婦になれば、病をうつされることは覚悟せねばならなかった。そしてゆっくりと、何年もかけて死に至るのだ。

「この江戸に、瘡毒を治す薬はない。最後は酷《ひど》い死に様となる。仁吉さん、そうだな？」

「ええ。瘡毒の薬は江戸でも、色々売られております。しかし正直に言うと、どれも気休め程度。治るものはございません」

瘡毒……梅毒に、夫婦二人きりでいる者が罹ると、その内、とことん追い詰められてしまう。売られた元遊女と寺から出た僧では、頼る先とてないからだ。いずれ総身に病がまわる。死に至る前に、暮らしていけなくなることは目に見えていたと、寛朝がつぶやく。

「だから止めた。遊女が病ならば、なおさら見捨てられぬと安時が言うので、ならば僧の立場のまま、気に掛けてやれと言ったのだ」

夫婦にならず、おなごに養生先を見つけてやるのが一番良い。寛朝の言葉は、おなごとの縁を戒められている僧としては、随分譲ったものであった。寛永寺で聞いた通り、女犯の罪は重い。下手をすれば寺社奉行が出張ってきて、厳しく調べられるのだ。

しかし安時は、寛朝らが出した案すら承知しなかったという。

「おなごの病から、逃げるようだと思ったらしい」

さんざん揉めたあげく、安時はある日、寺と寛朝の前から姿を消した。おなごも年季明けの後、吉原からいなくなっており、その後がたどれない。一緒にいるのだろうと、寺の皆は思っている。寛朝は、二人はしばらく無事に暮らせるだろうから、せめてその間の平穏を願っていた。

「この先、まずはおなごの病が重くなるだろう。助けがいるだろうから、二人の落ち着き先を、知っておきたい。安時達かも知れぬ者がいると聞いたら、秋英に、確かめに行って貰っているのだ」

仁吉は眉間に、くっきりと皺を寄せていた。

「若だんな、もしそんな剣呑なおなごが周りに現れましたら、私は遠慮などしません。覚えておいて下さいまし」

「おや、仁吉さんは、どう動くのだ？　わしはどうすれば良かったのか、未だに自問しておる」

寛朝の問いに、兄やはきっぱり答える。

「若だんなを連れ、さっさと神の庭へ逃げます。ええ、相手のおなごが昔話になるまで、江戸へは戻りませんよ」

「そういうやり方があったか。しかし、並の者が使える手ではないな」

寛朝は笑うと、ここで長崎屋の小鬼達を受け取った。寺にいる仲間の方へ押し出すと、不安げに板間を歩いていった鳴家三匹は、やがて広徳寺の小鬼達とひっついて落ち着く。

「ありがとうございました。なるだけ早くに、引き取りにきますので」

若だんなが頭を下げると、寛朝は狂骨相手に、無理はするなと言ってくる。

「喋ったというが、狂骨に、話が通じるとは思えん。恨みの塊のようになった者には……出来る事が残っておらぬことも多い」

そうなったらもう、後は御仏の元へ返し、その慈悲に縋《すが》るしかないのだ。長く、剣呑《のん》な妖を退治してきた僧の、重い言葉であった。

「若だんなが、無事でいるのが一番だ。寛永寺で寿真殿が手を焼くようなら、後日わしも、一緒に動くゆえ」

それにしても、狂骨にそこまで恨まれる者とは誰なのかと、寛朝は戸惑うように言い、やがて直歳寮へ戻っていった。一方若だんな達は早々に、宿坊の一室にて三人で休んだ。暮れれば寝るのが、江戸の並であった。

だが。

（どうしてだろう。眠れない）

その夜若だんなは、暗い中で目をつむりつつ、それでも夢の内へ入れずにいたのだ。広徳寺の宿坊には、慣れている。だが、何かが頭に引っかかって眠れない。

（私は何が、気になっているのかな？）

明日にも、狂骨と対峙《たいじ》することだろうか。それとも先程、寛朝と話したことだろうか。

(狂骨に祟られた者の話をした。うちと妓楼、仏具屋、蠟燭屋、昌道御坊、小検使だ)

ここで、小検使がどういう役人であったか、するりと頭に浮かぶ。そう、先程寛朝が、その答えを口にしていたからだ。

(ああ、そうだった。小検使というのは、寺社奉行の配下だ。町奉行所でいうなら、同心のようなお役目だったかね)

寺内のことを調べる寺社奉行には、与力《よりき》、同心と呼ばれる役方の者がいない。寛永寺の黒羽も、もし女犯を疑われたら、小検使に調べられるのだろう。

(あれ?)

途端、目の前は一面の闇《やみ》なのに、若だんなは宿坊の中で、目を見開いた。

(そういえば何で、寺社奉行配下の小検使が、狂骨に祟られてるのかしら)

たぶん、一に恨みを向けられた者と、繋がりがあるからだろう。しかし。

(長崎屋と小検使に、繋がりはないよね。猫又はともかく……仏具屋と蠟燭屋、小検使、それに昌道様は、どう繋がるんだ?)

ところが、そこまで考えた時、若だんなは身を起こした。全員の繋がりが、はっきり見えてきたのだ。その上。

（あ……狂骨が一番祟りたかった相手の名が、浮かんできた）

ことの鍵《かぎ》は、小検使が何者か、ということだったのだ。狂骨が何故《なぜ》怪異と化したのか、そのことにも察しがついたと思った。

（つまり、狂骨は。狂骨の名は……）

そこまで考えた時、遠くから足音が近寄ってくるのが聞こえた。若だんなと一緒で、まだ眠っていなかった御仁がいたらしい。

若だんなが布団《ふとん》の上に立ち上がると、仁吉と佐助も、身を起こしたのが分かった。

「ごめん、起こしちゃったね」

「足音に起こされたのが、先ですから」

そう言う間にも、音は寄ってくる。若だんなは雨戸を開け、濡《ぬ》れ縁を歩いてくる姿へ目を向けた。

「寛朝様、寝ておいでかと」

「先程秋英が、戻ってきた。今回は……安時の行方を摑《つか》んでまいった」

若だんなは星明かりの下、寛朝が泣きそうな顔をしているのを見た。

6

一時《いっとき》ほど後。

月が出る頃、広い広い広徳寺の庭が、急に冷え込んできた。そして微《かす》かにカタカタと鳴る音が、直歳寮の方へと近づいて行ったのだ。

それは余りに軽く小さな音で、夜に紛れてしまいそうであった。しかし、堂宇に巣くっている妖、鳴家達を震えさせるには十分な音でもあった。

カタカタ……カタカタタ。音が堂宇に寄った時、不意に板戸が開く。そして寛朝が、庭にいる骨のような主と、向き合うことになった。

ため息が、夜の闇へ消えていった。

「わしが真実立派な僧であれば、その骸骨そのもののような顔を見ても、誰だか分かるのだろう。だが、わしには骨にしか見えぬ」

怪異の者にしか見えない。そう言われて、月下にまた、カタカタと酷く軽い音が聞こえる。寛朝は、ゆっくりと狂骨の名を口にした。

「だが、その僧衣は広徳寺で作ったものだな。安時、久方ぶりだ」

しかし元僧からは、挨拶《あいさつ》などない。代わりに今日も、長崎屋へ来た時と同じ言葉が、骨の間からこぼれてきた。

「何で……我……だけが」

何で、なんで……なん、で。

繰り返される言葉に、寛朝は返答をしかねている。しかし、寺の周りに貼られていた護符を剝《は》がした途端、広徳寺へ寄ってきたのだから、安時は余程、寛朝を恨んでいるに違いなかった。

「安時、わしこそ何故と聞きたい。あの吉原のおなご菊と、しばし静かに暮らしているのではなかったのか？」

また、カタカタと骨が鳴る。

するとそこへ、若だんな達が庭から直歳寮へ戻ってきた。広い広徳寺の塀から、護符を剝がしていたら、己達が戻るより先に、狂骨が直歳寮へ向かっていたのだ。

だが骨は、同じ恨み言を繰り返すばかりで、もはや人の気配を失っている。寛朝へ、真っ当な返事はないとみて、若だんなは眠れず横になっている間、闇の内で得心した事情を、高僧へ告げてみた。

「寛朝様、安時さんは、井戸に身を投げ狂骨と化しているんです。相手の方と静かに暮らす訳には、いかなかったのでしょう」

それは、何故か。若だんなはここで、狂骨が恨んだ相手に、小検使がいたことを口にする。

「小検使は、寺社奉行配下の御役人ですね。女犯の僧を、捕まえる立場だ」

安時は女犯などしてはいなかったが、菊と添いたいと願っていたのは、確かであった。そしてまだ、還俗をしていなかったのだ。

「それで小検使は多分、安時様に恨まれるようなことをしたんです」

安時が井戸へ身を投げ、狂骨と化すような元を、作ったと言ってもいいだろう。さもなければ僧がわざわざ、寺社奉行の配下に祟る訳もないのだ。

「多分、その小検使は安時さんと共に、女犯の相手として疑った菊さんを調べたんです。そして言わなくてもよいことを、一切合切、菊さんの方へ伝えてしまったのではないでしょうか」

菊の病はもう、治らぬこと。

僧籍を離れぬまま菊と共にいると、安時は罪に問われること。

夫婦になれば、安時へ病をうつしてしまうだろうこと。

瘡毒は長く苦しんだ末、死ぬ病であること。

それらを聞いたゆえ、菊は今、安時の側《そば》にいない。安時はわざわざ井戸で死に、狂骨と化している。ということは、思い悩んだ菊が先に、井戸で身罷《みまか》ったのだと思われた。

「安時、後追いをしたのか？　一人になったのなら、なぜ寺へ帰って来なかった？」

寛朝が問うても答えはない。ただ、小さく骨を鳴らしつつ、狂骨はゆるゆると直歳寮へ寄っていった。

若だんなが、唇を噛んでから言う。

「未だに名が分かりませんが……その小検使、生きておいでなのでしょうか」

もしかしたら、安時の怒りを一番に向けられ、既にこの世にいないのかもしれない。とうに亡くなり、別の者がお役目を継ぎ、昔の者になってしまったゆえ、誰なのか名が分からないでいるのだ。

「安時さんが、もし人を殺めていたなら……寺へは戻れなかったでしょう」

屋根や廊下がきゅきゅきゅと軋《きし》み、見えないほどの影が、堂宇から散って離れてゆく。寛朝はそれを見送ってから、僧のなれの果てを、静かに見た。

「それほど小検使に腹を立てたのか。ここに来たということは、わしにも怒っておるのだな」

仏具屋や蠟燭屋まで祟ったのは、広徳寺との関わりゆえか。

「いや、亡くなった仏具屋や、逃げた蠟燭屋は噂好きだった。寺に出入りしていたあの男達が小検使に、お主と菊のことを話したとしても、驚かぬな」

猫又達が消えたのは、菊をいじめでもした遊女の飼い猫だったからだろうか。昌道は寛朝の弟子、秋英と仲が良く、寛朝も目をかけていたから、目を付けられたのか。

「長崎屋は、どうしてだ？」

狂骨は黙ったまま、また一歩寛朝に近づく。

狂骨の背の側、庭に立っている若だんなは、足下からわき上がってくる冷たい風に狂気のようなものを感じ、それ以上直歳寮へ近づくことも出来なかった。兄や達は二人とも、しっかりと立ち若だんなの横にいる。だが狂骨が寛朝を襲っても、二人が側から離れ、僧を助けるとは思えなかった。

「安時、菊のことは哀れであった」

月下で、寛朝の声が続く。

「だがな、どのみち安時が僧のままでは、菊とは添えなかったのだ」

還俗したか、飛び出したかの差はあったが、安時は己の意を通し寺から出ている。

「真っ当に還俗していようと、おなごを選んだ元の僧を、寺が面倒見る訳もなし。安時、お主もそれくらいは分かっていただろうに」

なのになぜ死を迎えた時、仏の元へ行くことを拒むほど怒ったのか。全てを呪《のろ》ったのか。祟ることに決めたのか。それが分からないと、高僧は口にする。

「広徳寺の他の御坊方も、優しいばかりではなかったろうが、お主のことは案じておった。菊のこととて、瘡毒と聞き、寺の皆は心を痛めていたのだ」

あの病は悪くなる一方で、最後は哀れなことになる。だが瘡毒で亡くなり、無縁仏となった者にも、僧達は経をあげていた。だから僧達は、瘡毒の末期《まつご》がいかに厳しいものか、よく承知していたのだ。

「なのになぜ、そこまで恨んだのだ？　お主から祟りを受けようとも、そこだけは聞いておきたい」

段々近づいてくる狂骨へ、寛朝は言葉をかけ続ける。カタリカタリ、カタカタカタ……夜の静けさの中、微《かす》かに骨の鳴る音が続く。

「何で……」

ここで、また狂骨の声がした。

「何で……我……だけが」

何で、なんで……なん、で。声がただ、繰り返された。それより他の言葉を、語らないようであった。

ところが。繰り返される内に、声がわずかに聞きやすくなってくる。すると、思いもかけない言葉が、庭にいた者達の耳に届いてきた。

「何で、我の菊、だけが」

なんで病に罹るのか。

（あ、れ？　狂骨は、こう言っていたのか）

意外であった。若だんなは、夜の中で不思議とはっきり見えている狂骨を、思わず見つめていた。最初に聞いた時は、狂骨自身のことを話しているか、呪詛《じゅそ》でも口にしているのだと、思い込んでいたのだ。

途端、若だんなは不思議な思いにかられた。

（菊さんを惜しんで、悲しんでいたのか）

己の立場も人生も、全《すべ》て投げ出すほどに惚れた、おなごであった。失えば、悲しみに包まれただろうと思う。なぜ亡くならねばならなかったのかと、怒ったのも分かる。救えなかった己のことを、責めたかもしれない。すぐに御仏の元へ向かい、救われてしまうことなど、己に許すことは出来なかったのかもしれない。

ここで寛朝が、また泣きそうな顔になった。

「そうか、安時、お前自分が呪わしかったのか」

菊を助けられなかった己が。菊が年季明けに命を絶ったとしたら、それは、病ゆえのことだ。元気であれば手に手を取って、二人で上方《かみがた》へでも逃れられたのだ。

しかし瘡毒が、菊を死に追いやった。それが安時の命をも絶った。あげく、真面目な僧は、生きていた頃の姿すら分からぬ何かに、化してしまったのだ。

「ああ……そういう訳だったのか」

寛朝の声が、一層優しくなる。

「ならばわしに怒りを向けているのは、安時がこの身を信じていた証《あかし》だろう」

寛朝であれば、何とかしてくれる。菊を助けてくれるだろうと願い、頼っていたのだ。そして……あっさり裏切られた。

「勝手な思いだという考えは、それこそこちらの身勝手なものか」

互いにどう思うにせよ、狂骨は今更呪いを止めはすまい。若だんなにもそれは分かる。こと、ここに至ったのだ。もはや生も死も関係なく、残った骨がばらばらになっても、狂骨が狂骨であるゆえん、その祟りを示してくるだろう。

(怖い)

鳴家達が、無事に直歳寮を離れていればいいがと願った。そして、こういう時の寛朝が手強《てごわ》いことを、若だんなは承知している。

（多分、今頃手に、妖退治の護符でも握っておいでだと思う）

夜の庭が静まりかえる。若だんなは寛朝と狂骨を、ただ見つめた。目が離せなかった。考えてみれば、若だんなは寛朝自身が実際護符を使うところを、目にしたことはなかった。

（あ、足下が、酷く寒い）

季節さえ一段、冬に寄ったかのようであった。寛朝が、わずかに腰を浮かせている。ぴんと張り詰めたような思いが、辺りを包んでゆく。すると。

その時狂骨が、くるりと体を回した。

「えっ……？」

若だんなが目を見張り、何が起きたのか分からない内に、狂骨が目の前に迫っていた。

「何……？」

「祟る……祟って……」

「えっ、私？」

ただ驚き、動けなくなった。

そういえば、狂骨が長崎屋を狙う訳を、承知していなかった。そして長崎屋の主《あるじ》と言ったから、てっきり藤兵衛を呪っていると思い込んでいた。

(だけど、あれ。もしかしたら、長崎屋の離れの主、ということだったのかしら)

骨ばかりの顔が、眼前に迫ってくる。しかし己が狙われる訳を、思いつけない。兄や達も、まさかと思うことだったらしく、揃《そろ》って一拍、動きが遅れる。

すると。

狂骨の指が、若だんなの首に掛かった。カタカタカタカタカタ鳴り続ける骨の音が、不思議な程にはっきりと分かる。声が聞こえた。

「な、何で、我の菊、だけが」

なんで病に罹るのか。

何で……何で、治らないのか。

狂骨の言葉が何を語っていたか、ようよう全部分かってきた。

〃何で、菊を救ってくれなかったのか。どうして薬で、菊が治らないのだ〃

そう言っていたのだ。

「えっ……」

江戸一の薬屋と、寛朝ら高僧が話していた店なのに。なぜ、どうして、瘡毒は治せないのか。ろくな薬が、ないのだろうか。

ただただ、死に向かわねばならぬのだろうか。

「薬屋、なんぞ、なんぞ」

繰り返される言葉と共に、若だんなの首が締め付けられる。

「苦っ、しい」

それこそ思い切り締め上げられ、狂骨の恨みの程が身にしみる。狂骨は、長く共にいた僧達へ、怒りを向けきれていなかった。あげく祟りを、病一つ治せない薬屋へ向けていたのだ。

「離せっ」

仁吉が体当たりをして、若だんなから狂骨を弾《はじ》き飛ばした。ひっくり返った若だんなは背を打ち、目の前で骨がばらばらになる。しかし立てずにいる内、また骨は側で集まってきた。寛朝が直ぐに袖内から護符を取りだし手を伸ばしたが、庭にいる狂骨に届く訳がない。背が痛い、脇腹《わきばら》がいたい。

(あ……苦しい。でも本当は一体、どこが痛いんだろう)

若だんなの目の前で、再び人形《ひとがた》になった狂骨が口を開く。一瞬食われるかと思ったが、横から佐助が殴り飛ばした。骨は派手に散らばるが、簡単にまた集まってしまう。

殴り続け、元に戻り続けた。

すると、その時。

鳴家が一匹現れたのだ。そして寛朝の手に飛びつき、護符にしがみつく。寛朝は頷くと、その鳴家を護符と一緒に、若だんな達の方へ放った。

「あっ」

「きょげーっ、こわいっ」

鳴家が狂骨に飛び移った途端、広徳寺の庭が、月の光が弾《はじ》けたかのように光った。

狂骨が、言葉にならない声を上げる。何度もあげる。

「ひあああっ」

若だんなは宙へ弾き飛ばされた鳴家を、必死に受けとめ……咳《せ》き込んだ。また、風のような悲鳴が聞こえたと思った。

そして。

気がつけば広徳寺の庭から、怪異は消えていたのだ。それきり誰も、狂骨の姿を見ることはなかった。

若だんなは鳴家を抱きしめると、やがて涙が出てきて止まらなくなる。

兄や達と寛朝が、走ってくるのが分かった。

ふろうふし

1

江戸でも名の通った大店《おおだな》、廻船問屋《かいせんどんや》兼薬種《やくしゅ》問屋長崎屋《ながさきや》が、二日ほど前から店を閉めた。

長崎屋では主《あるじ》の藤兵衛《とうべえ》が、しばらく調子を崩していた。しかし最近、ようよう快方に向かってきたと言われていたのだが、それが急にまた寝込み、医者を呼ぶほど心配な様子になってしまったのだ。

「藤兵衛さん、とにかく具合は落ち着きました。ですので、おかみさんも店の皆さんも、そんなに思い詰めた顔をなさいますな」

急ぎやってきた医者の源信《げんしん》が、帰る時にそう言ってくれたので、番頭以下、奉公人達は一息ついた。

しかし若だんなやおたえは、そろそろ治るのではと思っていたから、身に応《こた》えた。

それで心配にかられた若だんなは、母屋《おもや》から離れへ戻ると、長崎屋に馴染《なじ》みの妖達《あやかし》へ頭を下げた。

殊更《ことさら》言わなかったが、自分のために父親が無理をしたのだと、考え続けていたからだ。

「おとっつぁんの病、ずっと治らなくて心配だ。このまま並に養生をしても、すっきり元に戻ることは無理かもしれないって思えてきた」

だから飲み過ぎた薬を抜く、良き毒消しの噂《うわさ》を聞いたら、知らせて欲しい。こうなったら、人のための薬でなくてもいいから知りたいと、若だんなは口にする。

「よろしく頼む。おとっつぁんが治ったら、離れの皆に、天狗《てんぐ》も王子の狐《きつね》もみんなみんな集めて、盛大に祝うから」

若だんなの言葉に、妖達は張り切った。

一方おたえも心配に突き動かされ、動いた。出来ることからやると、今回も神仏へお供えをしたのだ。

もっとも今は、藤兵衛に付き添っているから、おたえがお参りに行ける神社仏閣は、ごく近くに限られる。よって長崎屋の庭にある稲荷《いなり》神社など手近なお社に、お供え物が山と積み上げられた。

米俵に、桶《おけ》の中で泳ぐ魚、木箱に入った果物、樽酒《たるざけ》に菓子の箱などが積まれ、それが社の屋根にまでのしかかった。すると恐ろしいことに、じき、重さで神社が軋《きし》み始めたのだ。

「こ、これは拙《まず》いぞ。社が壊れる」

稲荷神社に巣くう化け狐達は、恐ろしさに、揃《そろ》って尻尾《しっぽ》を振った。

しかし、おたえの信心故《ゆえ》のことだし、お供え物をするのは、良きことだ。よって化け狐達は、おたえに止《や》めろと言えず、代わりに稲荷神へ泣きつくことになった。

すると。

神から神へ、話が伝わったらしい。じき、世の人々にあがめられている名高き神、大黒天《だいこくてん》が、御使いである根棲《ねずみ》と共に、何と長崎屋の離れへ姿を現したのだ。人も妖も魂消《たまげ》た。

そして。

「神様というものは真面目《まじめ》に働くと、文句を言われるらしい」

長火鉢の横へ座った大黒天は、直《す》ぐにふくれっ面《つら》をすることになった。妖と縁の深い長崎屋の離れには、犬神《いぬがみ》と白沢《はくたく》である兄《にい》や二人に、付喪神《つくもがみ》達、それに鳴家《やなり》や貧乏神までが顔を揃えていたが、なぜ大黒天が姿を現したのか、眉間《みけん》に皺《しわ》を寄せていたのだ。

更に神の御前で堂々と、訳を推測し始めた。

「大黒天様は、七福神のお一人だ。食べものや財福の神様、商売の神様なんだ。それが供え物が多かったくらいで、町中《まちなか》の家へ来たってのは変だ」

付喪神の屏風《びょうぶ》のぞきがそう言えば、貧乏神の金次《きんじ》が頷《うなず》く。

「大黒天様はいつも御使いの根棲殿に叱《しか》られてるぞ。今度も間抜けでもして、長崎屋へ逃げ込んで来たんじゃないか？」

「きゅい、若だんなに、代わりに謝って欲しいんだ」

「きゅい、きゅわ、それそれ」

それが当たりだと、家を軋ませる妖、鳴家達が揃って頷く。だが若だんなは、大黒天へ菓子を勧め、深く頭を下げた。

「大黒天様に、せっかくいらして頂けたのに、皆が勝手を言い、済みません。あの、御用は……ああ、お社がお供え物の重みで軋んでいるのですか。ならば済みませんが、どんどんお供えを食べて頂けたらと思います」

お菓子も魚も新鮮で、美味《おい》しいものが揃っている。酒も上物だと言うと、神は花形の練り切りを食べつつ、頷いた。

「なるほど。では社を潰《つぶ》さぬため、大いに食べるべしと神仙《しんせん》方に勧めておこう」

それでお供えの件は解決だ。かくもことを早く済ませられるなど、さすが己は神だと、大黒天が自画自賛したものだから、横で根棲がため息を漏らした。

今日の大黒天はいつになく親切で、続けて更に、優しいことを言い出した。

「では若だんな、お供え物の礼に、藤兵衛に効く薬のことを教えてやろう」

途端、離れに棲《す》みついている者達が、長火鉢の横に座る神へ半眼を向ける。

「きゅい、やっぱり凄《すご》くへん。おかしい」

「うーん、この屏風のぞきも、今日の大黒天様は、何か怪しいと思うな」

「大黒天様、若だんなを、妙なことに巻き込まないで下さいね。この仁吉《にきち》が許しませんん」

神様が幸せをもたらしてやろうと言ったのに、こんな返事が揃ってしまい、小さな御使いの根棲がまた、深いため息を漏らす。

「ちゅい、まあ長崎屋さんは、今までにも神仙のことで、苦労なすってますからね。用心するのも、仕方ないでしょう」

大黒天が顔を赤くすると、若だんながここで、急ぎ頭を下げる。そして、大層真剣な声で神に問うた。

「もしや大黒天様は、何か良き毒抜きの方法を、ご存じなのでしょうか」

すると、その言葉を聞いた途端、兄やの仁吉が、新たな菓子を大黒天に勧め、佐助《さすけ》が濃い茶を淹《い》れなおして側《そば》に置く。大黒天は、扱いが変わったことを見て満足そうに頷き、若だんなへ顔を向けた。

「うんうん、そういう態度であるなら教えてやろう。何といってもわしは、慈悲深き日の本の神だからな」

実は離れへ来る途中、寝ている藤兵衛を覗《のぞ》いてきたと、大黒天は言った。

「長く寝付いておるのに、未《いま》だあの様子だ。並の薬では、藤兵衛の身の内に溜《た》まったものを、抜くことは無理だな。ならば、藤兵衛に何が効くかということだが」

身を乗り出した若だんなへ、大黒天は力強く告げる。

「この世には、ないだろう」

「は？」

途端、盆に置かれていた菓子が引っ込み、それを鳴家達が嬉《うれ》しそうに食べてしまう。大黒天は慌《あわ》てた。

「これ、先走って怒るでない。この世にないと言ったが……常世《とこよ》の国《くに》には、あるやもしれぬのだ」

「大黒天様、その、常世の国とは？」

「海の遥《はる》か遠く、彼方《かなた》の地にある国だよ。神仙が住まう場所でな、あそこでは歳《とし》をとらぬ。死なぬ。そういう場所だ」

永久の命をもたらすという、非時香菓《ときじくのかくのこのみ》がなっているところでもあるという。

「あの国には、わしと一緒にこの日の本を作った相棒、少彦名《すくなひこな》という神がおる。医薬やまじないの神だ。酒造りの腕も、絶品だ」

少彦名は、この日の本における医薬の祖、つまり薬祖神であるという。

「おおっ」

「妙薬があるとしたら、少彦名の所にしかないだろう。だがあいつ、この国を作っている途中で、常世へ行ってしまったのだ」

それゆえ若だんなが、少彦名のいる常世の国へ行くしかないだろうと、大黒天は言い切った。

「行くか？　わしからの文を預ける。それがあれば、あいつは会ってくれるだろうよ」

そして。

「もし良ければあいつに、この大黒天の伝言を頼む」

「きゅべ、あ、やっぱり変」

ここで妖達は、また大黒天へ不審の目を向けた。神は慌てて、両の手を振った。

「大した用件ではない。最近、少彦名が何やら困っていると、噂を耳にしたのだ。それで大事な相棒ゆえ、力を貸してやりたいと思っているのだが」

しかし大黒天のような神が、下手に他の神のことへ口を挟むと、天に雷《いかずち》が走り、地震で大地が裂けかねない。

それで大黒天は、特別な薬を求めているという若だんなのことを聞き、天の配剤だと考えたのだ。

何も若だんなに、何かしろとは言っていない。そもそも相手は神だから、妖が見えるだけで、ただの人である若だんなに、手を出せることはないと大黒天は言い切った。

「いや下手に手を出し、若だんなに何かあっては、妖らが怒って、こちらが困りかねないからな。若だんなは常世の国へ行き、薬のことを問うてくればいい」

そしてついでに、大黒天が手を貸すことがないか、少彦名に聞いて欲しいというのだ。

「もし少彦名が何も言わなかったとか、常世にいないわしには、困り事は話せぬと言ったのなら、それを承知しよう」

「ええ、それくらいのことでしたら、私でも出来そうですね」

若だんなは頷き、常世の国へ行く気になってくる。だが横にいる仁吉は、厳しい顔つきのままであった。

「しかし若だんな、常世の国は海の波の遥か彼方、簡単にはたどり着けぬ所にあるはずです」

昔、浦島太郎が七日舟を漕《こ》いで、常世に至ったことを聞いたと、博識な白沢である仁吉が言う。

「それも亀《かめ》の案内があったゆえ、無事に常世の国へ着いたのだという噂もあります。若だんなに七日も、海で舟を漕がせる訳にはまいりません」

藤兵衛より先に、若だんなが亡《な》くなってしまうと、仁吉は不機嫌だ。

「その上、です。大黒天様、あの国には怖い噂もありますよね」

「おや、何だったかの？」

「常世の国は、死者の行く先、黄泉《よみ》の国でもあるとも聞きますよ」

「ははは。少彦名は、まだ死んではおらん。仁吉、あそこにおる皆は神仙ゆえ、そもそも死とは無縁だ」

「ですから！　若だんなは人なのです。神仙ではないので、そんなところへ行くのは危ないかと」

不老不死の薬と言われている非時香菓は、昔々、天皇の使いが取りに行ったことがあった。だが結局、その天皇は不死になっていないと、仁吉は言い切る。

「確か黄色い、小さな実でしたよね。あれが本当に、良き明日をもたらすのかどうか、確かではないのに」

兄やの心配はいつものことであったが、若だんなは既に海を越える腹を決め、旅支度のことを考えていた。この機会を逃したら、薬祖神とは会えないだろう。父、藤兵衛を助けねばならないのだ。

「大黒天様、少彦名神への文を頂きます。その、何とか頑張って、舟を漕いで行きます」

若だんなが決死の覚悟で言うと、大黒天は用意済みの文を、若だんなへ渡す。そして体の弱い若だんなに、酷《ひど》い苦労はさせないと言い笑った。

「あの国へは海を行く他にも、行き方があるのだ。昔、少彦名が常世へ渡ったやり方だ」

ここで大黒天は、そのためにわざわざ持って来たものを、若だんなや妖達の前に差し出して見せる。離れにいる皆は目を丸くし、一斉に首を傾《かし》げた。

「は、はて？」

大黒天は根元から刈り取った、細長い穀物を一本、手にしていたのだ。若だんなの背丈よりも長く、細い葉が付いており、先の方に小さな実が、こんもりと塊となっている。

「あの……それは、もしかして粟《あわ》でしょうか。それとも、稗《ひえ》かな」

「若だんなは町育ちだから、茎についたままの実を見たのは初めてか。粟だ」

少彦名は昔、この粟の茎に弾《はじ》かれ、常世の国にまで飛んだのだと、大黒天は口にする。

「つまり若だんなも、この粟に弾かれれば、少彦名の所へたどり着けよう」

「その粟が、案内役の亀の代わりになるのですか。いや、そういうことじゃないのかな？」

仁吉が首を傾げている間に、大黒天は若だんなに、粟の茎を持つよう促す。そして、兄や達が何かを言う前に、あっさり粟の茎をしならせ、ぽんと思い切り弾いたのだ。

「えっ？」

若だんなは粟の茎一本で、己が空へ弾き飛ばされるとは、思ってもいなかった。

だが体はあっという間に浮きあがると、離れから庭へと飛び出してゆく。まるでそこだけ、何もかもがゆっくりと動いているかのように、引きつった兄や達の顔が、足の下に止まって見えた。

その若だんなへ、鳴家達が飛びついてくる。小鬼達はいつも、若だんなと一緒なのだ。

すると今日は小鬼に負けぬ早さで、屏風のぞきが若だんなの足を摑《つか》んだ。そして付喪神の足を、貧乏神と猫又《ねこまた》のおしろが摑んだが、妖の獏《ばく》と兄やの手は、空《くう》を切る。悲鳴が長崎屋の離れに満ちた。

「わあっ」

若だんなが目を見張った時、体は長崎屋から離れてどんどん舞い上がっていった。直ぐに、通町《とおりちょう》の上さえ飛び越してしまう。

妖達は軽いゆえか、足を摑まれても、若だんなは落ちることがなかった。粟の茎に弾かれたまま、皆は一緒に江戸の空を、どこまでも高く飛んでいった。

2

どれ程空で、風を受け続けた後だったろうか。若だんなは急に身が、かくんと傾いたのを知った。何もない空の真ん中にいるのに、まるで誰かに、下から引っ張られたかのようであった。

「はて？」

ひやりとした瞬間、直ぐに真下へと体が落ち始める。

「わあっ……落ちる。落ちてる。ひえええっ」

「ひいいっ」「きゅべーっ」「きゃああっ」

幾つもの悲鳴が空で響いたが、体が止まってくれる訳もない。やがて下の景色が見えてきて、若だんなは腹をくくることになった。何かする間など、ない。

すると。

「ぎゃあっ」

地面が近づいたと思った時、悲鳴を上げたのは、若だんな達だけではなかった。栗の茎の恩恵か、柔らかいものの上に落ちたため、若だんなは驚くほど、痛い目に遭わずに済んだのだ。

「あれ……？」

何で助かったのかと下を見れば、大勢の男達が見事にひっくり返って、皆の下敷きになっている。驚いたことに周りの地面には、長どすらしき刃物も一緒に散らばっていた。

「何とこれは……果たし合いの場にでも、落ちてしまったのかしら」

若だんなは慌てて、潰してしまった男達の上から退《の》き、無事かと問う。だが伸《の》された男達は、誰も起き上がらない。しかし妖達ときたら、ただ喜んでいた。

「あら、助かったわぁ。でも、下敷きにしちゃったお兄さん、伸びちゃったままねえ」

「ひゃひゃっ、あたしは二人ほど地面に転がしたかな。屛風のぞきは……ああ無事か」

金次が笑うと、鳴家達が元気な顔で、若だんなの袖内《そでうち》に入ってくる。若だんなは狼狽《うろた》えた。

「拙いよ。急いでお医者様を呼ばなきゃ」

しかし、ここが常世の国であるなら、そもそも医者がいるかどうかも分からない。

「いや、薬祖神がおわすか」

若だんなは辺りを見回し、そして首を傾げた。

「ありゃ？」

てっきり、海の果てにある常世の国に、行き着いたと思っていたのだ。その為《ため》に、粟の茎に飛ばされたはずであった。

ところが周りへ目を向けると、己が立っているのは、どう見てもどこかの境内であった。側にはちゃんと、神社のような建物もある。狛犬《こまいぬ》の像も、賽銭箱《さいせんばこ》も見える。神仙が住むという常世の国に、神仙への願い事に使うものが置いてあるとは、どうにも思えなかった。

「その、ここはまるで、お江戸のように見えるんだけど」

するとと猫又のおしろが、あっさり頷く。

「若だんな、ここは常世と言うより……神田明神の境内に似ていますね。ねえ、鳴家？」

「きゅいきゅい、うんうん」

「妖達にも、やっぱりそう見える？」

せっかく粟の茎で弾き飛ばされたというのに、大勢がくっついてきたから重くて、常世の国に着く前に江戸へ落ちてしまったのだろうか。若だんなも妖達も、寸《すん》の間呆《まぼう》然《ぜん》とした。

「ありゃあ、常世の国へ行くのに、失敗してしまったか」

肩を落としたものの、江戸にいるのなら、倒れている者達を、医者に診せることができる筈《はず》と言ってみた。妖達が頷き、六人も倒れているのだから、男達を運ぶより、医者に来てもらおうという話になった。

だが。この時、足音が聞こえたので振り返ったところ、何と刃物が何本も、若だんな達へ向けられていたのだ。どこから湧《わ》いて出たのか、三人の男らが刀を構え、冬の氷よりも冷たい目でこちらを見ていた。それを見た金次が、のんきに言う。

「おんや、倒れてる男達のお仲間かね？　やっぱりここは、常世の国じゃない。あの構え、お侍だな」

若だんなは慌てて、その侍達へ頭を下げる。

「その、私どもが、こちらに倒れている方々に、ご迷惑をお掛けしました。済みません、急ぎ医者に診せますので」

だが男達は、厳しい顔つきのまま、刃物を引っ込めない。その上、思わぬことを言い出したのだ。

「こいつらは今、空から落ちてきたぞ。人ではなかろう」

そして何と、常世の国から来た、神仙の仲間かもしれぬと口にする。

「我らから、非時香菓《ときじくのかくのこのみ》を、取り戻しに来たのであろう」

「きゅい、非時香菓？」

「あれ、このお侍さんがた、常世の国のことを承知しているみたいだ」

若だんなが目を見張る。江戸へ落ちてしまったというのに、何故《なぜ》だか常世の国と、縁が切れていないようであった。

「でもあたしたちは、カクノコノミなんて知りませんよ」

誰かと、その実を奪い合っていたのかと、おしろが慌てて周りへ目をやる。だが、不思議な事に神社の境内には、争っているはずの相手が、どこにもいない。代わりにどう見ても、男達は今会ったばかりの若だんな達へ、勝負を挑んで来ているのだ。

「ええと非時香菓って、何だったっけ？」

屛風のぞきが問うので、若だんなは、確か不老不死になる薬だと答えた。

「確かさっき離れで大黒天様が、そんな話をしてなかったっけ」

「きゅいきゅい」

「やはり、承知しておったか」

侍達が、刀を構えなおした。

「神仙は敵だ。目の前の奴《やつ》らから、やっちまうぞっ」

「えっ、何でそういうことになるの？」

若だんなは、いつ自分達は神仙になったのかと、顔を引きつらせ悩むことになった。

男達は返事などせず、怖い顔で若だんな達へ迫ってくる。

「ひゃひゃっ、どうしようねえ。今日は兄や達が、一緒にいないぞ」

金次も若だんなも、どう考えても喧嘩《けんか》向きではない上、今は小刀一つ持っていない。弱いと言われようが構わないので、皆、逃げ場を捜したが、男達は武道の鍛錬が出来ているようで、逃がさないよう素早く退路を塞《ふさ》いでくる。

(これは……とんでもないことになった)

総身が震えてくる。妖達へ、早く影内に逃げろと言ったが、若だんな一人置いていけないらしい。

(どうしよう)

切羽詰まったその時、思わぬ声が神社の境内に響いた。

3

「お主達、侍のくせに、力弱き者達を襲うのか。非時香菓を捜して、長くさまよい過ぎたな。すっかり無頼者のようになりおって!」

戦う相手はこちらだ。そう告げる声は凜《りん》としていた。

「おおっ、救い主が現れた!　まるで物語か、芝居の筋書きのようだ」

敵の敵は味方ということで、若だんな達は期待に目を輝かせ、声の主を捜した。侍達も、いささか慌てた様子で、必死に辺りへ目を向けている。だが。

「あれれ？　声の主は……どこにいるのかしら」

確かに声が聞こえたのに、現れた筈の英雄が、境内のどこにもいないのだ。

その時。

「阿呆《あほう》が！　ここだっ」

大きな声と共に、境内の宙にきらりと光るものが見えた。その御仁《ごじん》は、神社近くにあった木の枝にいたのだ。そこから姿を現すと、やくざ者達の頭の上へと飛び乗ってゆく。

若だんな達は一瞬、揃って、驚きに目を見開いた。

「何と！　小さいっ。あの御味方、小さいっ」

格好良く現れた御仁は、驚くほど小さなお人であった。目に入らなかったのも、無理はない。

「あれま、親指くらいしかないわ。使っている刀、あれ、縫い針でしょうか」

おしろが魂消、屏風のぞきが頷く。

「縫い針の刀ってことは、ありゃ、一寸法師かね。確かにあれなら、お椀《わん》の舟にだって乗れそうだ」

「きゅんい。鳴家のおもちゃ」

一寸法師は小さい身の利点を生かし、男達の頭から頭へと飛び移り、針を突き立て、見事に戦いだした。しかし相手は三人ほどいるし、一寸法師は余りに小さい。当然というか、なかなか倒せなかった。

すると。金次と屏風のぞきが顔を見合わせ、人が……妖が悪そうに笑いあった。そして二人は、三匹の鳴家達をひょいと手に取ると、あの一寸法師を助けてみろと、けしかけたのだ。

「鳴家は、人には見えないからな。凄いんだ。偉いんだ。いっちばんだ。ひゃひゃっ、そうだろう？」

「金次、鳴家はいっちばん！」

小鬼達が一斉に頷く。屏風のぞきも、言葉を重ねた。

「もしここで、見えない鳴家が戦いに加われば、あの男どもは、気味悪がって引くだろうさ。ねえ、金次さん」

「多分、だけどな」

屏風のぞきと金次はまた笑い、ここで三匹を、侍達の方へ放った。すると男達が、急に慌てふためき始めた。

両の手で頭を触り、体を押さえ、踊るような格好をし始めたのだ。姿も見えず、何か訳の分からないものが、突然体を触ってきたためか、明らかに狼狽えていた。

ここで一寸法師が大声を上げ、侍の頭の上で、仁王立ちとなった。

「今だっ、成敗するっ」

頭を触っていた侍の指の先、爪《つめ》と肌の間に、一寸法師は針の刀を突き刺したのだ。

「いっ、痛てえええええっ」

大刀で、総身を切り下げられた訳ではない。なのに男は顔を真っ赤にし、辺りに響き渡る大声を上げた。

「おーい、小鬼。一寸法師の方が目立ってるぞ」

妖二人がはやし立てると、それが面白くなかったに違いない。鳴家達は一斉に雄叫《おたけ》びを上げ、一寸法師より派手に、男どもを齧《かじ》り始めた。

「きょんげーっ」

鳴家達は耳の端とか、鼻の頭とか、男達の体の端っこを、力一杯噛《か》んでゆく。一寸法師が指の先を突いた時と同じで、大怪我《おおけが》はしないが、酷く痛いらしい。

「ひええっ、わしらはあの常世の国から、江戸へ、何か連れてきちまったのか？」

その時であった。侍達が苦戦している場へ、新たな侍が一人、駆け込んできたのだ。そして叫んだ。

「不老不死の実を、神仙に取り戻された」

奪ったのは島子《しまこ》という者だと、名を告げる。

「島子はここから逃げた。薬を、知り人に渡す気だ。さっさと追うぞ！」

島子は味方だとみえて、一寸法師が笑い出した。そして男どもへ、厳しい言葉を向ける。

「実は、元々わしらのものだ。諦《あきら》めろ！　これ以上常世には関わるな」

でないと、今度は目に刀をお見舞いするぞと脅し、一寸法師が一人の男の頭の天辺《てっぺん》へ、針の刀を振り下ろす。

「ぎゃっ」

男は思い切り頭を振り、乗っていた鳴家や法師を空へ振り払うと、駆け出した。他の男達もそれを見て、急ぎ後に続く。屏風のぞきが、宙に放り出された鳴家を受け取ってから、侍達を見た。

「おおっ、伸びていた仲間を、ちゃんと引き起こして連れて行ったぞ。感心感心」

一方、法師は若だんなが掌《てのひら》で受け取った。本当に小さな法師は、鳥の羽のようなものを着物にしており、髪を頭の両脇《りょうわき》で、二つの団子のように結っている。よって唐の国の壺《つぼ》に描いてある、童のような見てくれであった。

ただし、大層誇り高いように思えたので、若だんなはへりくだって言ってみる。

「あの、一寸法師殿。危ないところを助けて頂き、ありがとうございました」

しかし屛風のぞきは、隣で首を傾げた。

「若だんな、どう考えてもその一寸法師、カクノコノミってもののために、戦ってたんだと思うけどね」

するとと親指ほどしかない法師は、ぎろりと皆を睨《にら》んでくる。

「もう、危ない男どもはおらん。お主らもここから早う消えろ。あ、その前に、下ろしてくれ」

一寸法師は、人である若だんなに見られたことなど意にも介さず言う。だが、それでは下ろした途端、小さき法師を見失い、常世との縁が切れそうだ。それで若だんなは急ぎ、一寸法師へ問いを並べた。

「あの、実は常世の国へ向かっている途中、道に迷いまして。ここがどこだか、ご存じでしょうか」

「先程侍から、常世という言葉を耳にしました。一寸法師殿は、あの地とご縁のある御仁なのですか？」

この時、更に言葉を重ねようとしていた若だんなを、一寸法師が止めた。そして、怖い顔で言ってくる。

「わしは一寸法師ではない。大体その話は、わしが生まれたのより随分後に、出来たものだぞ！　御伽草子《おとぎぞうし》の一話だ」

一寸法師とは、人が勝手に書いた、物語に出てくる輩《やから》の名だと言う。

「勝手にそんな者の名で呼ばれるのは、業腹《ごうはら》だ！」

掌に立っている小さき御仁から告げられ、若だんなは生真面目に頭を下げた。

「これは、失礼いたしました。その……法師殿」

こちらは、僧を指す言葉の一つだからか、嫌とは言わないので、若だんなは眼前の御仁を、法師と呼ぶことに決める。だが若だんなは先程の問いへの答えを、得る事は出来なかった。思わぬ音が聞こえてきて、法師がそちらへ目を向けたからだ。

少し離れた所にある小さな社の戸が、がたがたと音を立て始めた。そして内から、大声が聞こえてきたのだ。

「し、しくじった。済まぬ。縛られて、身動きが取れぬ」

「えっ、どうしたのだ？　金時《きんとき》、なぜ縛られておるのだ。非時香菓は無事か？」

法師は声を裏返すと、若だんなの手から社の階段へ、ぴょんと器用に飛び降りる。それから社の端近くにある戸まで、小さな身で大層急いでゆき、そこを開けようとしたのだ。

「おおっ、そんな力が、あの小さな法師殿にあるのか？」

妖達は目を輝かせて、法師の動きに見入った。しかし、そもそも親指程しかない法師が引っ張っても、神社にある大きな木戸が開くものではない。

「まあ、やっぱり無理なんですねえ」

「おしろ、手を貸したいね。でも、そんなことをしたら、怒られるかしら」

若だんなは遠慮したが、屏風のぞきは、待っているのが面倒だと言って、さっさとお社へ行き戸を開ける。

すると案の定、法師は怒り出した。

「何をするっ。今、わしが開けようとしてたのにっ。無礼者め」

だがその時、法師の文句は悲鳴に変わった。開いた戸の中から、紐《ひも》で縛られた偉丈夫が倒れてきて、法師へ倒れかかったのだ。

「おやおや」

屏風のぞきは両方を助けようとはせず、さっさと法師だけをすくい取り飛び退いたから、一寸の身は、大男に潰されずに済んだ。

だが大男の方は、社の外廊下へ転がり出た時、したたか頭を打ってしまう。おしろが気の毒がって、身を縛っている、たすきのような紐を解《ほど》いてやると、頭にこぶを作った大男は、屏風のぞきが下ろした法師を見つけ、恐ろしく不機嫌な声を出した。

「畜生！　島子のやつに逃げられた。あいつ、非時香菓を手にすると、わしを縛って、どこかへ消えてしまったぞ」

侍の無法者から、不老不死の薬を取り戻したと思ったら、それを味方の一人に奪われてしまったらしい。法師が、眉間に皺を寄せた。

「金時、何で島子の勝手を、止められなんだのだ？」

金時と呼ばれた大男は、一寸の法師に叱られ、寸の間、恥ずかしそうに下を向いた。まるで大きな山が、河原の小石へ詫《わ》びているかのような光景だ。

金時は、情けなさそうに言った。

「だってな、長年の友を殴る訳にはいかぬではないか。島子よりわしの方が、どう考えても強い。だから余計……」

金時は、暴れられなかったのだ。そして最後に、思いも掛けない一言を付け足す。

「ああ、こんなことになったのは、全《すべ》て長崎屋のせいだな。一太郎《いちたろう》という若だんなが悪い。今回の困り事の全ては、長崎屋のせいだ」

「は？」

若だんなと妖達は揃って魂消《たまげ》、一瞬声を失う。

「私が、元凶？」

そんなことを言われては、訳も聞かず、放っておくことなど出来ない。若だんなは急ぎ、社にいる二人へ近づくと、まずはきちんと名乗った。

「あのぉ、助けて頂いたのに直ぐに名乗らず、失礼しました。私が、今そちらの話に出てました、長崎屋の倅《せがれ》です。跡取りの一太郎と申します」

自分達が何かしたのかと、若だんなは心配げに問う。すると今度は、小さな法師達が驚いた顔を見せてきた。

「お主が、長崎屋の若だんなだというのか？　世の厄災の元だから、余程凶悪なご面相で、人だとは思えぬ程、大きな怪物だと思っておったぞ」

なのに、優しげな顔をしている。

常世の国の二人はそう言うと、若だんなをもう一度、まじまじと見てくる。それから、本当に不思議だと言葉を重ねると、やがて困ったように顔を見合わせ、最後に一言言った。

「ここは、神田だ。神田明神だ」

それだけは、明らかになった。

4

それから若だんなと妖達は、しばしの間、法師と金時の二人と同道した。神仙が向かう先は、はっきりしていた。

「島子は最近、江戸へ来ると、必ず〝柳橋〟なるところへ、顔を出しているらしい」

ならば今回も柳橋へ向かうだろうから、そこで島子を捕まえると法師が言う。ただ。

「柳橋って、どこだ？」

常世の国の二人は、江戸に不案内であると分かったので、若だんな達は長崎屋へ帰る途中、柳橋へ送ってゆくことにしたのだ。

「近くに神田川があるな。店へ帰るなら、舟を調達しよう。若だんなが楽だろうから」

屏風のぞきが舟を借りると、金次が櫓《ろ》を漕ぐと決まって、皆で乗り込む。東へ向かえば、柳橋はすぐであった。神田川が隅田川の流れと交わる少し手前辺り、北側にあるのだ。

「島子は、小さな神社に祭られている者で、常世の国に暮らしている仲間なのだ」

舟に乗ると金時が、若だんな達へ語り出した。

「良い者なのだ。しかし島子ときたら、人の国にある神社へ顔を出している内に、江戸で出会った音吉《おときち》という相手に懸想《けそう》をしてな」

そして、その音吉が病を得ると、島子は不老不死の霊薬、非時香菓《ときじくのかくのこのみ》を贈りたがった。

「しかし人が死ぬというのは、この世の理《ことわり》だ」

並の薬ではなく、不老不死になれる実となると、簡単にばらまいてよいものではない。

「さすがに島子も、我慢していたのだ。ところが、だ」

何と最近、本当に久方ぶりに、不老不死の非時香菓を求め、常世の国へやってきた者達がいたという。

「昔、天皇の使者という御仁が探しに来て、持ち帰った。その時以来の話だ」

前回の霊薬は持ち帰った時、既に天皇が亡くなっており、役に立たなかった。

だがそれ以来、不老不死の薬があると、人の世に広まってしまった。常世の国にある妙薬、非時香菓を手に入れ、不死となりたい者が多く出たので、海の果ての国が落ち着かぬ程になったのだ。

「よって非時香菓も常世の国も、一旦《いったん》封じられた。それで長きに渡って、我らの国は平穏であったのだ」

ところがここに来て、その封じが緩んだ。

「最近、江戸にある廻船問屋兼薬種問屋、長崎屋という店が、神仙と縁を作っているとの話があってな」

何故だか、長崎屋の跡取り一太郎や、周りの者は、あの大黒天とも話すことが出来るのだという。

すると屛風のぞきが、深く頷いた。

「ああ、そりゃ本当ですよ。大黒天様が鯛《たい》に齧られたとき、我らはさっさと刺身にするよう、話をしましたからね」

「刺身？」

金時は妖を見て首を傾げたが、直ぐに話を継ぐ。

「その長崎屋が最近、常にない薬を得ようとしていると、話が伝わってきた」

薬種問屋にもない薬だ。手に入れたいのは、非時香菓に違いないという話になり、常世の皆が眉《まゆ》を顰《ひそ》めた。

「きゅべ？」

すると、やはりというか、競うようにして人の世から、また非時香菓を求める者が、やってきたのだ。今回は、ある大名家の隠居の使いで、非時香菓を求めていた。

「どこぞの商人《あきんど》に渡すくらいなら、隠居の殿様が飲む。そう言っておった」

常世の国の神仙は承知せず、非時香菓を他所《よそ》へ移そうとした。するとその途中を狙《ねら》われ、侍に一時、奪われた。取り戻しはしたものの、知らぬ者に取られるくらいなら、懸想の相手音吉に飲ませたいと、島子は自分のものにして逃げてしまったというのだ。

舟に揺られていた若だんなが、眉尻《まゆじり》を下げた。

「ははぁ。ことの最初が、長崎屋が絡《から》んだ噂だった。それで法師は、長崎屋に怒っておいでなんですね」

しかし。

「私達は、非時香菓を求めておりません。おとっつぁんが飲んでしまった薬を、解毒《げどく》できる一服を捜してるだけです」

「解毒の薬？」

第一、不老不死の薬など飲み、死ななくなってしまったら、藤兵衛はいずれ大層困ることになるからと、若だんなは口にする。

横で、妖達も勝手を言い出した。

「おたえ様に先に死なれたら、藤兵衛旦那《だんな》は泣きべそをかきそうだな」

屛風のぞきは、断言する。

「その上、家族も友達も知り合いも、皆、先に亡くなってしまったら、おそらく、がっくりくるだろうね」

それでも不老不死になっていたら、死んで皆のいるあの世へ行くことも、生まれ変わって、また輪廻《りんね》の輪の中に入ることも出来ない。おしろが頷いた。

「余りに長命だと気味悪がられ、旦那は通町で、暮らしていくことすら出来なくなりそうです。屛風のぞきさん、そうなったら旦那は、どうするんでしょうね」

「分かんねえ。旦那は妖でも神仙でもないからねえ。神の庭へも行けないだろうし」

法師達は目を見開いて、長崎屋の面々を見てくる。若だんなは別れる前にと、大黒天から預かったものを法師達に差し出した。

「これを少彦名神へ、お渡し願えませんでしょうか。大黒天様は古き相棒のことを、それは気に掛けておいでです」

その上で、解毒の薬に心当たりがないかを問うと、文を受け取った神仙二人は目を見交わし、一つ息を吐く。

「なんだ、噂はいいかげんであった訳か。勝手に怒り、済まぬな」

あっさり謝ると、大黒天の文を見つめていた法師は、やがてこう言ってきた。

「若だんな、わしらにこの先も力を貸さぬか。人の世で島子を捜すのだから、人の助けがあると良かろう。その代わり、無事、非時香菓を取り戻せたら、常世の国で解毒の薬を捜してやろう」

金次が、ひゃらひゃらと笑う。

「さすがは日の本の神様だ。ただ優しいってことは、ないねえ」

だが、こうして対価をはっきり示された方が安心でもあると言い、櫓を握る貧乏神が、勝手にさっさと承知した。すると、一緒に島子を捕まえに行くと言いだした妖達が、舟に揺られつつ、若だんなへ問う。

「ところで島子さんは、柳橋のどこにいるんですかね？」

すると横から金時が、分からぬと言って首を横に振った。

「島子も、そこまでは言っておらなんだ。さて柳橋へ着いた後、どうやって捜すかな」

だが若だんなは、困った風もなくにこりと笑う。

「先程の侍達、お殿様の言いつけで、非時香菓を捜してたんですよね。つまり」

一度や二度、法師達に負けたくらいで、引き下がるとは到底思えなかった。そして侍達は先程神田明神で、島子の何かを摑んでいると、はっきり口にしていたのだ。だから。

「多分お侍達の方が、先に島子さんへ迫ってます。ですから柳橋へ着いたら、数人くらいの侍達を見なかったか、人に聞いてみましょう。あの人数で島子さんを捜していたら、結構目立つはずです」

彼らを追えば、こちらも侍達と大差ない時に、島子へ行きつける筈であった。

「名案！」

妖達は頷き、舟の内でしばし寛《くつろ》ぐと、喋り始める。そして屛風のぞきはじき、大名家の隠居という御仁は変わっていると、おしろへ言い出した。

「不老不死になりたいんなら、さっさと一旦死んで、幽霊にでもなったらいいのにさ。それ以上は死なないぞ。手っ取り早いと思うんだけどね」

「あら、そうですよねえ。神仙から非時香菓を手に入れるより、きっと簡単です」

「あの……なんか違わないかい？」

若だんなが首を傾げている間に、舟は隅田川近くの船着き場へ行き着く。そこからは噂を拾いつつ、柳橋の賑《にぎ》やかな辺りへ向かうことになった。

侍の噂は、思いの外早くに拾えた。長崎屋の妖達は、事情を知りたがる若だんなのため、間の抜けた岡《おか》っ引《ぴ》きの代わりに、よく町の話を摑みに出る。つまり慣れているのだ。

「あの侍達、島子が音吉の名を口にしたのを摑んでいたようだ。音吉の名を頼りに、柳橋で島子の行方を、辿《たど》ってるみたいだぞ」

屛風のぞきが言うと、小さな法師は、金時が帯に挟んでいる根付けへ座り、深く頷く。

「島子が音吉に、非時香菓を飲ませてしまうと、思っておるのだろう。その前に、また奪いたいのだな」

そしてその内、島子達の噂話も、長崎屋一行の耳に届いてくる。妖達は褒めてくれと言ってから、話を並べた。

「きゅい、音吉、粋《いき》な人だった」

「島子さんはここいらじゃ、お島って呼ばれてるみたいです。それでね」

　おしろが、嬉《うれ》しげに言う。

「音吉さんは小川屋って料理屋に、よく顔を見せるみたいでね。で、そこの仲居さんに、早めに所帯を持ちたいと言ってたんですって」

　ならば小川屋へ直ぐに行こうと、皆で北へ歩き出す。おしろが話を続けた。

「二人は、一緒になりたいんですね。でも音吉さんは多分、島子さんがどこの何者なのか、まだ分かってないんだろうな」

　好いた相手が神仙だったら、大概の者は呆然としてしまうだろう。相手が死なない者だと、自分ばかりが歳《とし》をくい、狼狽えることになる。やがて本人は困り、親兄弟や周りが騒ぐ。つまり、まとまらない縁になってしまうことが、ほとんどだと思われた。

　法師が根付けの上でため息をつき、金時を見上げた。

「そういう話は昔から、山とあっただろうに。島子はなんで、それでも人に惚《ほ》れたのだろうな」

　すると若だんなが笑い、自分には人ならぬ者の、祖母がいると告げたのだ。長く祖母に付き従ってきた仁吉が、いつぞや祖母と、人である祖父の縁を語るとき、こんな風に言っていたと口にする。

「止められて止まるなら、恋しいという言葉には足りない、と」

そして齢《よわい》三千年、おぎんの恋の果てに、今、若だんながいるのだ。

それを聞いて、法師が少しばかり眉を引き上げた。

「若だんなの祖母は、人ではないのか。ああ、妖狐《ようこ》なのか。それで妖《あやかし》や……神にまで、縁が出来たというわけか」

縁とは不思議なものだと、小さな法師が首を傾げている。

するとこの時、妖達が、通り近くの屋根を、この地の鳴家達が走っているのを見つけ、指さした。

「どうしたのかね。ぎゅわぎゅわ、きゅいきゅいと騒いでるぞ」

若だんなの袖内にいた鳴家達が、直ぐに飛び出して、近くの屋根に登った。そして早々に戻ってくると、話を告げてくる。

「この先のお店へ、きゅい、たっくさんのお侍が、入ったんだって」

「きっと、神田明神にいたあやつらだ。島子か音吉を、見つけたのかもしれん」

小さな法師は帯にしがみつきつつ、怖い顔で、金時へ怒鳴った。

「小川屋へ急げ。今度こそ、決着を付けてくれるわ。非時香菓は取り戻す。島子には、説教を食らわす！」

神仙が走り出すと、若だんなが二人の後を追ったので、金次が心配してくる。

「この辺で、お役御免でもいいんじゃないか？　若だんな、無理をすると、後で寝込むことになるぞ」

おしろも心配そうに見てきたので、若だんなは皆の考えを、別の方へ逸《そ》らしてみた。

「あのさ、金時さんは強そうだし、法師殿も頑張ると思うけど、きっと侍達は諦めないよね？　何しろ、藩命で動いてるんだから」

先に会ったお侍達が、今回法師達にやっつけられても、また別の藩士達が出てくるに違いない。屏風のぞきが隣で、柳橋の町を走りつつ頷いた。

「うん、そりゃそうだろうな。でも若だんな、そうと分かってても神仙は、あのお侍達と、一戦交えるんじゃないか？　若だんなも、引くなら今だろう？」

「でも若だんなは法師達から、藤兵衛旦那に効く薬を、分けて欲しいと思ってるんですよ。常世《とこよ》の国《くに》にお味方し、この諍《いさか》いを終わらせなきゃ、薬はもらえません」

おしろの言葉に若だんなが頷いた。

「うん。だから揉《も》め事は、そろそろ終わりにしなきゃ。私はずーっと、あのお侍達に付き合う訳には、いかないもの」

すっと声を潜めると、若だんなは前を行く神仙達には聞こえないよう、思いつきを小声で話してゆく。

「その、思い出したことがあるんだ。仁吉から、昔話を聞いたから」

若だんながかいつまんで考えを伝えると、妖達は気に入ったようで、頷く。そして小鬼と屏風のぞきがここで分かれ、急ぎ近くの神社へ捜し物にいった。

ただ金次は一言、言ってきた。

「でも、そんなことをしていいのかい？　あの気位の高い法師様、怒っちまうかもしれないよ」

妖達は小川屋に向け走りつつ、先を行く神仙を見てにやにやと笑い始めた。

5

料理屋小川屋に着くと、店の周りは、とんでもないことになっていた。よって神仙二人は店へ入れず、若だんな達は追いついた。

小川屋は隅田川からほど近い所にあり、土地にゆとりのある深川辺りの料理屋ほど、大きくはない。しかし建物は竹垣なども使い、瀟洒《しょうしゃ》に作られており、粋だ。蔵前辺りに来た札差《ふださし》などのお大尽が、柳橋の芸者を呼び遊ぶには、もってこいの場所だと思われた。

その小川屋の周りを、今日は大勢が取り囲み、目を輝かせて見ていた。

鳴家達によると、侍達はただ大人数で、小川屋へ集っただけの筈であった。なのに金のなさそうな侍が、高そうな料理屋へ大勢行ったというので、噂は噂を呼んだ。そしてじき、本当の話をおいてけ堀にして、噂は大きく変わっていったのだ。

「へっ？　店の中で、抜刀した侍達がいるって話になってるの？」

若だんな達が驚く側で、集まった野次馬達は、噂話に張り切っていた。

「おい、何事だ。料理屋で喧嘩なのか？」

「仇討《あだう》ちに違いないさ。今時それ以外で、刀など抜く侍がいるか？」

「島子の奪い合いだと聞いたぞ。お侍が、島子という美人を、捜しているのだとか」

島子は小川屋へ出入りしている、音吉という者の知り合いらしい。それで音吉のところへ、何人もの侍が訪ねてきたのだ。

「島子？　男どもが争うほどのおなごが、小川屋にいたかね」

男どもは勿論《もちろん》、おなごや老人まで、小川屋の外に顔を連ね、わいわい、がやがや、かしましい。音吉と侍が喧嘩になり、芝居よりも面白い話になるかもと、期待しているのだ。

若だんな達は、思い切り顔を顰《しか》めることになった。

「うわぁ。法師殿、隠れていて下さいね。こんな大勢がいる中で、一寸しかない法師殿が姿を現したら、とんでもない騒ぎになります」

そうなったら、侍達と決着をつけるどころではなくなる。同心《どうしん》も、来てしまうかもしれない。いや下手をしたら非時香菓《ときじくのかくのこのみ》のことが、またここで、多くの人々に伝えられかねなかった。

「大勢が常世の国へ、行くかもしれませんよ」

若だんながそう言うと、野次馬達から少し離れた神田川の土手近くで、法師と金時が顔を蒼《あお》くする。

「おいおい、それは困る。大いに困る！」

若だんなは深く頷く。

「長崎屋も、神仙お二人のことを知られるのは、困ります。何でそういう不思議な連れがいるのかと、我らも番屋であれこれ、聞かれかねません」

何しろ法師は、一寸しかない身の丈だ。一目で尋常なものではないと、分かってしまうのだ。下手をしたら具合の悪い藤兵衛が、お上から呼び出されるかもしれない。それだけは避けたいと若だんなに言われ、金時が眉尻を下げた。

「それは分かるが……参ったな。これではうっかり、小川屋へ入ることができないぞ」

客が店へ入るたびに、すわ、揉め事が起きるのかと、取り囲んだ野次馬達が大騒ぎをしているのだ。法師が顔を顰めた横で、金次がひょいと首を傾《かし》げる。

「あの、さ。音吉さんがまだ中にいないんなら、手はあるぜ。小川屋へ入る前に、音吉さんを他所の店へ連れて行けばいい」

そうしておいて、そちらへ来るよう島子へ言付けを残せば、侍達は待ちぼうけをくらうことになる。金次がそう言うと、神仙の二人が深く頷いた。

「立派な考えだ。つまり音吉が今、小川屋にいるかどうか確かめねばならんな」

若だんなが鳴家《やなり》達に確認を頼み、小鬼が塀をよじ登って料理屋へ入った。

「影の内から、音吉さんと呼んでみるといい。振り返ったら、本人だから」

待っていると、二匹の鳴家は思いの外、早くに戻ってくる。二匹がそれぞれ、自分が一番だと言い、胸を張った。

「きゅい、いました。音吉さん。奥の部屋に、いた。男前の船頭さん」

「あらら、見たかった」

おしろが笑う。ところが小鬼達の言葉を聞き、神仙の二人、法師と金時は、大仰なほど呆然としていた。

「音吉が、男前だったと？」

「きゅい、大男。舟、上手《うま》く漕《こ》げそう」

「は？　そんなはずはないぞ。小鬼達の見間違いだ！」

「きゅんげ、鳴家はいっちばん！　鳴家は賢い。間違えてない」

神仙と鳴家が言い合いを始めたので、若だんなや妖達が、慌てて声を落とせと双方へ言う。それから神仙二人に、何故音吉がいい男では駄目なのかと聞くと、法師は小鬼を睨んだ。

「島子は男なのだ！　相手の音吉は、綺麗《きれい》なおなごだ。わしは目にしたことがある」

「は？　島子さんは、男？」

島子と言い、子の字が付くから、てっきりおなごだと思っていた若だんな達は、小川屋近くの塀脇で目を見張った。一方神仙二人は、子が付いているのは、立派な男によくある名だと、堂々と言ってきた。

「中臣鎌足《なかとみのかまたり》は、若い頃、中臣鎌子という名だったぞ。なあ金時」

「小野妹子《おののいもこ》も蘇我馬子《そがのうまこ》も、名に子を付けておる。全員、男である！」

若だんなが小さく、「あっ」と声を上げる。

「そうか、常世の国が開いていたのは、随分と前のことだ。島子さんがあの国へ行ったのは、江戸じゃなく、戦国でもなく、もっとずっと昔の話なんだ」

それくらい前だと、男の名に子の字が付けられることも、珍しくはなかったのだろう。御伽草子《おとぎそうし》が新しいと思える法師達にとって、それは並のことなのだ。

一方、ここで妖達が「音吉」と言い、納得の声を上げた。おしろが笑う。

「音吉さんは女なんですよね。ええ、この柳橋なら、そんな名のおなごがいても、不思議はありませんよ」

ここは、芸者で有名な土地なのだ。そして粋な姐《ねえ》さん達はよく、〝夜根八《よねはち》〟とか〝ぽん太〟、〝染太郎〟という、男名前を名乗っている。屏風のぞきが笑い出した。

「おやおや。芸者の名と、島子さんの名が組み合わさったものだから、男と女が、逆さまだと思っちまったんだな」

金時は口を尖《とが》らせた。

「わしは先刻、島子がわしから、非時香菓を奪って逃げたと言ったぞ。おなごにそんなことが、出来るものか」

すると若だんなと妖達が、顔を見合わせる。

「だってそれくらい、江戸に暮らすおなごであれば、やれるお人、いそうだしねえ」

何しろお江戸では、男の数が、おなごよりぐっと多い。よっておなごの立場は、大いに強かった。

「薬を渡してくれなきゃ、これから毎日、漬け物と御飯だけの飯にする。そう言われたら、降参する男は多そうだけどな」

若だんなが真面目《まじめ》に言うと、神仙達は寸《すん》の間《ま》、言葉を失い……つぶやいた。

「時と共に、色々な事が、随分と移り変わったのだな」

とにかく小川屋の中には今、〃音吉〃を名のる者がいる。中にいる音吉が、男か女か、一々聞く者は少なかろう。このままでは、島子がその名につられて店へ来て、侍に捕まってしまうかもしれなかった。

若だんな達が、何とか小川屋の周りで島子を捕まえるという手も考えられるが、今日は店の周りに、野次馬が多く集まっている。非時香菓を渡したくない島子と、この辺りで言い合いになったら、見物を巻き込んだ大騒ぎになりそうであった。

「あの侍達も表へ出てきて、薬を奪おうとするでしょう。その時、どんな話が出るか心配です。常世の国の話や不老不死の薬について表で語られ、そこに男とおなごの話が絡んだら、よみうりが面白がって一枚刷りにしかねません」

下手をしたら、読み物や芝居にだとてなりかねなかった。

「うわぁ……」

法師と金時、それに若だんな達が、頭を抱える。塀の隅に寄って、どうやったらことが穏便に収まるか、必死に考え始めると、金次が怖いことを言い出した。

「あのお侍達のこと、いい加減、すっきり片付けたいねえ」

「金次さん、でもお殿様の命を受けてるんですよ。諦めそうもないです」

「ひゃひゃっ、いっそ侍を捕まえて、近くの隅田川へ流しちまうか。おしろさん、隅田川は川幅が広い。全員流しても、つっかえたりしないぞ」

「きゅい、名案」

「江戸ではそういうことをして、大丈夫なのか？」

神仙達が、真剣な顔で問う。若だんなは急ぎ、咳《せ》き込みつつ止めた。

「げほっ、人を川へ流しちゃ駄目です。河童《かっぱ》じゃないんだから、溺《おぼ》れてしまう。ああ、どうしたものかな」

その時、だ。

馴染《なじ》みの声が聞こえてきて、若だんなは神田川の方へと目を向ける。屏風のぞきが小鬼を一匹肩に乗せ、笊《ざる》を抱えて駆けてきていた。

「あ、そうだった。助かった、あれを頼んでたんだ。上手く見つけたんだね」

「何だ、あの黄色の山は」

神仙二人が、何であんなものを持って来たのかと、驚いている。若だんなは、にこりと笑って、近くの神社にあったようだと、嬉しげに口にした。

そして紙と矢立を、懐《ふところ》から取り出した。

6

料理屋小川屋の横手にある塀の戸から、侍達が急ぎ、表へ出てきた。今し方、若だんなからの書き付けが、小川屋へ届いたからだ。妖達が隅田川近くの土手下で、その文を嬉しげに繰り返す。

「ひゃひゃっ、お侍さん達へ、小川屋にいる音吉さんは、人違いだ。島子の相手じゃないよと、若だんなは教えてやったんだな」

正直に伝えた。島子と親しい音吉は芸者だから、おなごなのだ。

「だが、これを教えると、お侍さん方は、また島子さんを追うに違いない。我らは、きゅい、疲れた」

それで、この件に決着を付けることにしたと、文は続く。つまり、どうするつもりかと言うと……。若だんなが送った書き付けを見た侍達は、魂消た筈だ。

「隅田川に、災いの元を放り捨てるって、書いたんだものな。これは本気かどうか、どうしても確かめねばならないよな」

つまり侍達は、直ぐに小川屋から出て、隅田川の川縁にまで、来る筈なのだ。侍達が来なくても、さっさと流してしまう。そうすれば、互いに奪い合う必要は、もうなくなると、若だんなは書き添えていた。

神仙二人は、眉間《みけん》に皺《しわ》を寄せている。

「侍達は、本当に川へ来るかのぉ。いや、来たとしても、こちらの思うように動くかな」

「さて、どうなりますか」

とにかく、待つ事しばし。侍達が連れだって隅田川の堤に現れると、神仙二人は口を歪《ゆが》めた。広い土手のどこに神仙達がいるかは、文で伝えてはいない。だが、笊一杯の明るい色が目に付いたのか、じきに数人の侍が遠くで、騒ぎ出したのが分かった。こちらへやってくる。

「あ、居場所が分かったみたいですね。では、これを川へ流しましょう」

屏風のぞきが手に入れてきたものを、若だんなは笊ごと高く掲げて見せた後、川の流れの上へ差し出す。すると、必死に駆けてきていた侍の一人が、少し離れた所で立ち止まり、半ば嘲《あざけ》るように話し出した。

「これは驚いた。それが非時香菓《ときじくのかくのこのみ》だというのか」

侍はここで、口元を歪めた。

「ああ、分かったぞ。どうして我らを川近くに呼んだのか、思いついたわ」

若だんなを、睨んできた。

「お主、我らを謀《たばか》る気だな。簡単に騙《だま》せる物知らずだと、侍をなめておるのだろう」

いきなりそう言われて、若だんなは片眉を引き上げる。侍は口元を歪めてから、笊を指さした。

「見れば分かる。それは蜜柑《みかん》だ。それを不老不死の薬、非時香菓だと言い立て、隅田川へ流してしまうつもりなのだろう」

そうやって、もうこの世に非時香菓は、ないことにする気だろうと言ってきた。だが自分は騙されはしないと、侍は続ける。

すると。若だんなは落ち着いた顔で、笊の中にある実は、蜜柑ではないと言いきった。

「見て、分からないのですか？　これは橘《たちばな》の実です」

本物を見た事がなかったのかと問うと、侍が黙り込んでしまう。若だんなは嘘《うそ》ではない証《あかし》に、一つ手に取ると、遠くからも大きさが分かるように、指の長さと比べて見せた。

実は一寸ほどで、蜜柑というより金柑に近い大きさだ。しかし形は蜜柑に似ている。近くにいると、何とも清々《すがすが》しいような香りがしていた。

「古《いにしえ》、天皇のご命令で、常世の国から日の本に運ばれたのは、橘の実です。御存知だと思っていましたが」

そう言われて、侍が一寸《ちょっと》、立ちすくんだように見えた。それからまた急ぎ、若だんな達の方へ、土手の道を駆けだしてくる。その顔が赤くなっていた。

「おや、ま。あの侍、非時香菓が橘だといわれてることは、知ってたみたいだな」

今の今、若だんなが持っている実は偽物《にせもの》だと言い切ったのに、急に考えが変わったようだなと言い、金次が皮肉っぽく笑う。横で神仙二人が腕を組み、侍と若だんなの様子を、側《そば》から口を引き結んで見ている。

侍は土手上の道を近くまで来ると、一気に若だんなの方へ駆け下りてきた。手を、笊の方へ突き出してくる。すると。

手の内の笊を、若だんなはひょいと川へ放り投げたのだ。侍の指先をかすめ、幾つもの黄色い実が、軽い音と共に隅田川へ落ちていく。

「わああっ」

悲鳴とも驚きとも思える声が、一帯に響いて消えた。水へ飛び込もうとする男の着物を、側に居た屛風のぞきが面倒くさそうに摑み、引き据える。そして土手から駆け降りてくる他の侍達に、泳げるのかと問うた。

「い、いや……」

大丈夫だと言う者はおらず、侍達の足が止まる。何人かが土手に座り込んでしまうと、屛風のぞきが首を横に振った。

「まあな。船頭でもなけりゃ、そうそう泳げるもんじゃないわな」

着物は水を吸うと、酷《ひど》く重くなる。泳げる船頭達は、そもそも軽いものしか羽織っていないのだ。

しかし橘が沈まず、川を流れていくのがしばらく見えていたものだから、侍達の目は、吸い付けられたかのように、その黄色を眺め続けていた。不死の夢も実と共に、どこかへ流れて消えた。

「それで……お侍達は、納得したの？　非時香菓は、もうないんだって」

後日のこと。長崎屋の母屋《おもや》で、おたえが若だんなへ問うた。

暖かい日であったが、先頃より無理を続けていた若だんなは、毎日調子が悪く、今日も綿入れを重ね着している。

若だんなは熱いお茶片手に、頷《うなず》いた。

「ええ。本心そう思ったのか、もう潮時だと、不老不死の薬を探し求める事自体、諦めたのか。どちらなのかは、分かりませんが」

そもそも捜していた侍達自身が、飲もうと思い立った薬ではなかった。そしてあの日若だんなは川縁《かわべり》で、非時香菓は病の親にも勧めないと言い切ったのだ。

すると……やがて男達は立ち上がり、川の畔《ほとり》から立ち去っていった。

「橘の実は、本物でした。近くの神社の境内に、生《な》っていたものです。日の本の神とは縁のある実ですから、神社には時々、植えられているとか」

あれから何日も過ぎており、既に常世の国から来た神仙達の姿も、傍らにはない。ただ若だんなは最初の約束通り、藤兵衛のための毒消しを一服頂いていた。

そしてそれは仁吉が驚くほど、よく効いたのだ。藤兵衛は早々に床上げし、今度こそ、前と変わらぬ様子で仕事を始めていた。

「ありがたいことです。さすがは薬祖神様の薬だと、長崎屋の妖達も言ってました」

「ここしばらく、長崎屋では神様の評判が、今ひとつだったものね。良かったわ」

おたえが笑う。

この時兄《にい》やの佐助が、加須底羅《カステイラ》と濃いお茶を持ってくると、若だんなへ目を向けた。

「では、話に出てきた神仙方が、薬祖神の少彦名神《すくなひこなのかみ》へ、頼んで下さったんですね。大黒天様のお言葉、お伝えしたんですか？　少彦名神と大黒天様は、会われたんでしょうか」

するると佐助は、返事を、思わぬ方から聞くことになった。

「きゅい、若だんな、少彦名と会った」

「は？　では少彦名神が自ら、薬を届けて下さったのですか？　常世の国から？　いや、大黒天様に、会いに来られたのかな？」

若だんなは笑って、鳴家の言葉足らずの分を付け足した。

「いや、つまりね、少彦名神は、もう江戸におられたんだ」

粟《あわ》の茎に弾《はじ》かれ、常世の国まで飛んでいける神は、小さなお方だったのだ。そして少彦名が江戸に居たので、若だんな達は常世の国へ行く前に、そのお方に引っ張られ、落ちてしまったのだと思う。

「あっ、では、神田明神におわした一寸法師は……」

「あれが、少彦名神様だったんだよ」

それで若だんなは薬祖神少彦名に、あの後、本物の非時香菓を見せて頂くことができた。勿論それは言い伝えの通り、橘であったのだが……大黒天と少彦名が会った時、若だんなが見せて頂いたそれは、驚くほど小さかったのだ。

「一寸ほどしかない少彦名神が住むお屋敷の、庭に生えている橘の木。そこに生る実が、本物の不老不死の実なんだそうだ」

よって不老不死をもたらす薬は、若だんなが手に取ると芥子粒《けしつぶ》ほどの大きさしかなかった。お返しした時、飲んでしまえば不老不死になれたのにと、横にいた金時に笑われた。

「本当に多くの人が、不老不死を求めてきたのだとか。でも死なない身になるって、とても強くなければならないことだって、思うんですけど」

若だんなの言葉を聞き、佐助がうっすらと笑った。

「死なぬと言われている妖でも、気がつけば、消えていなくなっていることがありますよ」

世にあり続けるには、多分生きているだけでは駄目なのだろうと、兄やが静かに言う。

「そういえば佐助、薬祖神の側に居た金時殿だけど。改めて御名を伺うと、面白いことが分かったんだよ」

金時は、江戸でも名の知れた御仁であったのだ。

「はて、私も知っておりますでしょうか」

「金時さんの本名は、坂田公時《さかたのきんとき》。つまり金太郎その人だったんだ」

「おや、まさかりを担《かつ》いで、熊《くま》にまたがっていたという、あの金太郎ですか」

これは意外だったようで、佐助が面白がっている。金太郎は今、神社に祭られ、常世の国の神仙になっていたのだ。そして。

「島子さんも、面白いお人だった」

「ああ、おなごじゃなくて、殿方だったのよね」

おたえが頷く。そして、島子と音吉の顚末《てんまつ》はどうなったのか、息子へ問うたのだ。若だんなが、笑みを浮かべた。

「我らは笊を隅田川へ流したあと、小川屋で音吉さんと会いました」

その時店には、島子も顔を見せていたのだ。島子は既に、仲間の神仙と揉めてまで手に入れた、本物の非時香菓を、恋しい相手へ差し出していた。

「あら音吉さん、薬を飲んだの？」

「法師と金時殿が、薬を取り戻すことは出来なかったかと、顔色を変えたんですが」

ところが。

「非時香菓は、小川屋の部屋にありました。音吉さん、薬をもらったのに、飲まなかったんですよ」

「まあ、何故かしら」

島子が心配するほど、病が悪くなっていたのではと、おたえが驚いて問う。若だんなは加須底羅の皿を手にしつつ、ゆっくりと頷いた。ただ。

「島子さんは音吉さんに、非時香菓の実がどういうものか、飲む前に、ちゃんと語ったんです。そして音吉さんは、不老不死にはなりたくないと言ったとか」

若だんなが、藤兵衛には非時香菓を飲ませたくないと思ったのと、訳が似ていた。一人で生き続けたくはなかったのだ。

おたえが、目を細める。

「もしかしたら音吉さんには、島子さんとは別に、好いたお人がいたのかしら？　ああ、やっぱりそうなの」

非時香菓を飲む事は、その相手との、長い長い別れを意味する。音吉は、いつか生まれ変わって、今度こそは丈夫でいて、その人と結ばれたいと言ったのだ。

気っぷの良い姐さんは、島子との長い長い平穏は選ばなかった。若だんなはふと、仁吉から聞いた言葉を、ここで口にする。

「止められて止まるなら、恋しいという言葉には足りない。人を思うとは、そういうことなのだそうです」

恋は、あっさりと始まることもある。だが思いも掛けないほどに、重いものなのかもしれない。多分、深い思いを背負うと、粟の茎一本で、海の果てまで飛ぼうとは思わないのだろう。

「今の言葉は……ああ、仁吉が言ったの。ならその言葉には、千年の時の思いが乗っているのね、きっと」

おたえは藤兵衛が治ってから、仁吉へ礼を言い、頭を下げていた。何ヶ月も藤兵衛のため、薬湯を毎日、作り続けてくれたからだ。奉公とは別の話であった。

「やっとそれも、終わりにしてもらえたわ」

仁吉がこの長崎屋に来たのは、恋しいおぎん、若だんなの祖母に頼まれたゆえだ。恋は時と、全ての苦労を越えてゆくほどのものに、違いなかった。

若だんなはゆっくりと加須底羅を食べると、その甘さを味わう。それから、一つ言い忘れていることを思い出し、付け足して言った。

「そうだ、言い忘れてました。島子さんのことですが、本当の名は、浦島子でした」

少彦名神と金太郎、この二人と一緒にいたのは、実は。

「島子さんは、浦島太郎さんだったんです」

「あら。亀《かめ》に乗って、竜宮へ行ったという、古《いにしえ》のお人だったの」

浦島太郎は神仙となり、今も常ならぬ地にいたのだ。思わぬ御仁達と会うものだと、おたえは笑う。

「時を越える人が身近にいるから、そういうことを、分かっている気がしていたけど。でも」

越えた時の果てに、いにしえのお人と出会うと、やはり戸惑うのだ。

「やっぱり、私も人なのね」

そこへ離れから、寿命とは関係のない面々の、楽しげな声が伝わってきた。今回大いに活躍したご褒美《ほうび》に、今日妖達は、天狗《てんぐ》や化け狐《ぎつね》、河童達も呼んで、楽しく宴《うたげ》を開くことになっているのだ。

「やなりいなり、大皿一杯、出来ました」

「湯豆腐と葱鮪《ねぎま》の鍋《なべ》、並べましたよ」

「ああ、蒲鉾《かまぼこ》と卵焼きは重箱の中です。焼き魚とお刺身、酢の物は、幾つかのお皿に分けて盛ってますから、並べて」

「お菓子！　お菓子どこ？　きょんっ、栄吉《えいきち》さんのお菓子が、一杯ある！」

「天狗の皆さんが、お酒の大樽《おおだる》と一緒に、お着きですよ」

賑《にぎ》やかねとおたえが言い、若だんなが笑みを浮かべる。長崎屋の時を越えてゆく声は、今日は少しの不安も寂しさも含まなかった。

「ああ本当に、おとっつぁんは良くなって良かった」

心より、ほっとしていた。そして宴を始める前に、若だんなは皆に、深く深く頭を下げた。

「皆がいてくれたから……おとっつぁんを治す事ができた。ありがとうね」

「きゅわ？」

首をかしげた鳴家をだきしめると、その若だんなを、沢山の明るい声が取り巻いた。

妖達は今日、底ぬけに明るかった。

解説

大矢博子

虚弱体質の若だんなと賑《にぎ》やかな妖《あやかし》たちによる「しゃばけ」シリーズも、本書で十六巻となる。

江戸の大手廻船問屋《かいせんどんや》兼薬種問屋《やくしゅどんや》の長崎屋《ながさきや》。若だんなの一太郎《いちたろう》は、とことん体が弱い。何かにつけて熱を出す。ことあるごとにヘタリ込む。気がつけば寝込んでる。もはや様式美というレベルで病弱だ。

たったひとりの跡継ぎがこんな体なもんだから、両親は砂糖てんこもりの菓子並に甘い。すでに亡《な》くなったことになっている祖母（実は齢《よわい》三千年の妖狐《ようこ》）も孫を心配して神の庭から人間界に護衛役を派遣した。知恵自慢の白沢《はくたく》・力自慢の犬神《いぬがみ》というふたりの妖に、それぞれ仁吉《にきち》・佐助《さすけ》という名を与え、長崎屋に手代として住まわせたのである。この兄《にい》やたちがまた、両親に輪をかけて一太郎に極甘だ。

全方位甘々の、乳母日傘《おんばひがさ》とお蚕ぐるみの二重攻撃にもかかわらず、一太郎は増長もせずぐれもせず、とてもいい青年に育った（ぐれる体力もなかった）。しかも妖狐たる祖母の血を引いているので一太郎には妖が見える。離れに棲《す》みつく鳴家《やなり》という小鬼たちや屏風《びょうぶ》の付喪神《つくもがみ》、化け猫に貧乏神など、多くの妖たちが一太郎の仲間だ。

本シリーズは、そんな一太郎と妖たちが織りなす物語である——てなことはファンにはすっかりおなじみだが、一見《いちげん》さんもご安心を。どの巻でも冒頭に必ず長崎屋と若だんなのことが簡単に紹介されているので、途中の一冊にたまたま手を出したとしても問題ない。各巻のタイトルに巻数がつけられていないのはどこから読んでも大丈夫という意味だと、しゃばけのWEBサイト「バーチャル長崎屋」（https://www.shinchosha.co.jp/shabake/）で文庫女中のおしまさんが説明してくれている。

あれ？　つまり、ここまでの私の説明は不要だったってことか？　まあいいや。

さて、とは言うものの。

確かにどこから読んでも大丈夫ではあるが、シリーズを通して読むからこそ味わえる醍醐味《だいごみ》というものもある。そこで今回は、初めての方には既刊に手を伸ばしていただけるよう、ファンの皆さんには来《こ》し方《かた》を懐《なつ》かしく思い出していただけるよう、過去作も併せて紹介していこう。

本書には五編の短編が収録されているが、物語としては繫《つな》がっている。第一話で一太郎の父親にして長崎屋の主人、藤兵衛《とうべえ》が倒れてしまうのだ。一太郎と妖たちは藤兵衛を助けるべくあの手この手で奮闘する。その過程が各話で描かれるという趣向だ。

では一話ずつ見ていこう。

「とるとだす」

薬種問屋の集まりで突然藤兵衛が倒れ、一太郎と兄や、妖たちは大騒ぎ。どうやら濃い薬を勧められるままにいくつも飲んだせいらしい。急いで解毒《げどく》したいのに、飲ませた側が名乗り出てくれず、何の薬を飲んだのかがわからない。そこで一太郎は一計を案じ……。

病弱なのは相変わらずだが、しっかりしなくてはと自分に言い聞かせて踏ん張る一太郎の成長が見える一編。以前から跡取りとしての情けなさに自己嫌悪《けんお》に陥ることは多かったが、ここに来て嘆くだけではなく、行動に移すことが増えたことに注目。寛《かん》朝《ちょう》が言う「誰もが学びの時を迎えておるようだ」という一言が印象的だ。

今回の状況と近い作品には、上方《かみがた》に行った藤兵衛と連絡がつかなくなり、父の身の危険を察知した一太郎が上方まで赴く「おたえの、とこしえ」(『すえずえ』所収)や、藤兵衛が行方不明になる「からかみなり」(『やなりいなり』)がある。

「しんのいみ」

海の向こうに現れた蜃気楼《しんきろう》。中に入ると記憶が薄れてしまい、戻ってこられなくなる危険な場所だという。ところが父の容態を心配していたはずの一太郎は、気づくとその蜃気楼の中にいた……。蜃気楼で出会った童子が、なぜ自分はここにいるのかを突き詰めるくだりが切ない。

本文中に「いつぞや若だんなの兄やも、色々忘れ去り騒動になった」とあるのは「みどりのたま」（『たぶんねこ』）のこと。また、「けじあり」（『ころころろ』）もある主要人物が記憶を失う話だ。

なお、本編には「枕返《まくらがえ》し」という妖の話が登場する。作中では「枕を返すことによって、人の命まで奪う」と説明されているが、これはもともと、夢の世界に魂が入り込んでいるときに枕を返すと、体と魂が切り離されるという考え方に基づくものだという。蜃気楼に魂が入り込んで戻ってこられない本編は、枕返しそのものがモチーフになっているとも考えられる。

異世界から帰ってこられなくなる話としては「鬼と小鬼」（『ちんぷんかん』）が、夢が現実と入り混じる話としては「ばくのふだ」（『ひなこまち』）がある。

「ばけねこつき」

娘との縁談を承知してくれれば、持参金に藤兵衛の病気を治す薬を加える――そんな申し込みが一太郎のもとに。その娘は化け猫憑《つ》きの噂《うわさ》があり、縁談が来なくなったのだとか。けれど化け猫が憑いている気配はなく……。真相がわかったときのやるせなさと、その後の展開の温かさが絶品だ。

本編に、一太郎の許婚《いいなずけ》の話が出てくるが、これは材木問屋・中屋《なかや》の娘、於《お》りんのこと。一太郎と、当時六歳だった於りんの出会いは「花かんざし」（『ねこのばば』）だった。ふたりは「仁吉と佐助の千年」（『すえずえ』）の騒動をきっかけに許婚になるが、この時点でまだ於りんはほんの子どもなので、祝言《しゅうげん》は当分先になりそう。

なお、本編で貧乏神の金次《きんじ》の表向きの職業が相場師になっているのは、前出の「おたえの、とこしえ」を参照のこと。悪夢を食べる獏《ばく》こと場久《ばきゅう》は、こちらも前出の「ばくのふだ」で初登場した。

「長崎屋の主《あるじ》が死んだ」

長崎屋に突然、狂骨《きょうこつ》が現れた。恨みとともに井戸で死んだ者の骨の妖である。狂骨はこの家の主に恨みがあるらしく、若だんなたちは大慌《おおあわ》て。いったい狂骨はどこの誰なのか、骨がらみの事件を調べ始めたが……。

本書の白眉《はくび》と言っていい、実に悲しい物語である。こうして見ると本書には切ない、悲しい話が並んでいるのだが、それを重くなく仕上げるのは著者の手腕だろう。だがこの一編だけは、重さがいつまでも心に残る。

本シリーズに登場する妖は可愛《かわい》らしく愛嬌《あいきょう》のある者が多いが、時折、こうして本当に恐ろしい、あるいは悲しい妖が登場することがある。たとえば「こわい」（『おまけのこ』）がそうだ。しかし「こわい」が我執《がしゅう》の妖怪だったのに対し、本編の狂骨は他者への思いがベースにある。それがいっそう悲しみを増す。

なお、本編に登場する天狗《てんぐ》の黒羽《くろは》が僧になった経緯は「寛朝の明日」（『すえずえ』）に詳しい。また、その後日談が「妖になりたい」（『なりたい』）で語られる。

「ふろうふし」

いい薬があると大黒天《だいこくてん》から教えられ、一太郎たちは神仙《しんせん》の住まう常世《とこよ》の国《くに》に向かう。ところが到着したのは神田明神で、侍の争いに巻き込まれ……。タイトル通り、不老不死の薬が巻き起こす騒動を綴《つづ》った一編。

本編の眼目は、不老不死という概念を通して、何千年も生きる妖と長くても百年足らずしか生きられない人間を対比することにある。不老不死は命ある者の夢といわれるが、実際にひとりだけ不死になったら、近しいものはすべて先に逝《い》ってしまうのだ。ひとり残される寂しさを、妖は何度も体験してきていると、本編で読者はあらためて気づかされることになる。

妖と人間の時の流れの違いを描いた作品として、「はるがいくよ」(『ちんぷんかん』)を挙げておこう。また、異なる時の流れを生きるふたりの物語「仁吉の思い人」(『ぬしさまへ』)もいい。

これまでシリーズを通して一太郎は次第に成長し、妖との交流も増え、人間関係も変わってきた。本書には登場しないので割愛したが、親友の栄吉《えいきち》や腹違いの兄・松之《まつの》助《すけ》のエピソードを加えれば、さらにシリーズ内の変遷《へんせん》が明らかになる。これはつまり、ちゃんと「時間が経《た》っている」ということだ。

ということは。

時間が経っている以上、藤兵衛はたとえ今回は助かったとしても、いつかは必ず別れが来る。そしていずれは、一太郎が兄やたちや妖たちと別れる日も、必ず来るのである。

藤兵衛が倒れる「とるとだす」で始まり、妖と人間の時の流れの違いを示唆《しさ》する「ふろうふし」で終わる本書で、著者はあらためてその厳しい現実を読者に突きつけてきたのだ。

だが、限りがあるからこそ、後悔のないように、今できることをしっかりやっていこうと読者に思わせてくれる。大事な人には大事だとちゃんと伝え、精一杯守る。それができなかったのが狂骨だ。自分の何たるかをしっかり摑《つか》み、逃げ出さない。それができなかったのが枕返しだ。間違ったならやりなおせばいい。それを教えてくれるのが「ばけねこつき」だ。

限りがあるからこそ、絆《きずな》を深めようとする。限りがあるからこそ、昨日より今日、今日より明日と、成長していきたいと願う。何千年もの寿命を持つ妖たちと対比することで、限りある命のきらめきを本書は謳《うた》っているのである。

……なんだか別れをほのめかすような話になってしまって申し訳ない。でも、なぁに、心配はご無用だ。たとえ時の流れは違っても、一太郎と妖たちの絆は強い。ぜひ、「りっぱになりたい」(『なりたい』)と、「えどさがし」(しゃばけ外伝『えどさがし』)をお読みいただきたい。きっと安心できるはずだから。いや、むしろ先が楽しみになるに違いない。というか、「えどさがし」の続きを切望するファンは多いと思うのだが……。

いずれにせよ、それはかなり先の話だ。ひとまずは文庫次巻『むすびつき』での再会を楽しみにお待ちいただきたい。

（二〇一九年十月、書評家）

この作品は二〇一七年七月新潮社より刊行された。

畠中恵作
柴田ゆう絵
新・しゃばけ読本

物語や登場人物解説などシリーズのすべてがわかる豪華ガイドブック。絵本『みぃつけた』も特別収録！　『しゃばけ読本』増補改訂版。

畠中恵著
しゃばけ
日本ファンタジーノベル大賞優秀賞受賞

大店の若だんな一太郎は、めっぽう体が弱い。なのに猟奇事件に巻き込まれ、仲間の妖怪と解決に乗り出すことに。大江戸人情捕物帖。

畠中恵著
ぬしさまへ

毒饅頭に泣く布団。おまけに手代の仁吉に恋人だって？　病弱若だんな一太郎の周りは妖怪がいっぱい。ついでに難事件もめいっぱい。

畠中恵著
ねこのばば

あの一太郎が、お代わりだって?!　福の神のお陰か、それとも…。病弱若だんなと妖怪たちの「しゃばけ」シリーズ第三弾、全五篇。

畠中恵著
おまけのこ

孤独な妖怪の哀しみ（「こわい」）、滑稽な厚化粧をやめられない娘心（「畳紙」）……。シリーズ第4弾は〝じっくりしみじみ〟全5編。

畠中恵著
うそうそ

え、あの病弱な若だんなが旅に出た!?　だが案の定、行く先々で不思議な災難に巻き込まれてしまい――。大人気シリーズ待望の長編。

畠中恵著
ちんぷんかん

長崎屋の火事で煙を吸った若だんな。気づけばそこは三途の川!? 兄・松之助の縁談や若き日の母の恋など、脇役も大活躍の全五編。

畠中恵著
いっちばん

病弱な若だんなが、大天狗に知恵比べを挑む！ 妖たちも競い合ってお江戸の町を奔走。火花散らす五つの勝負を描くシリーズ第七弾。

畠中恵著
ころころろ

大変だ、若だんなが今度は失明だって!? 手がかりはどうやらある神様が握っているらしい。長崎屋を次々と災難が襲う急展開の第八弾。

畠中恵著
ゆんでめて

屏風のぞきが失踪！ 佐助より強いおなごが登場!? 不思議な縁でもう一つの未来に迷い込んだ若だんなの運命は。シリーズ第9弾。

畠中恵著
やなりいなり

若だんな、久々のときめき!? 町に蔓延する恋の病と、続々現れる疫神たちの謎。不思議で愉快な五話を収録したシリーズ第10弾。

畠中恵著
ひなこまち

謎の木札を手にした若だんな。以来、不思議な困りごとが次々と持ち込まれる。一太郎は、みんなを救えるのか？ シリーズ第11弾。

畠中恵著

えどさがし

時は江戸から明治へ。仁吉は銀座で若だんなを探していた――表題作ほか、お馴染みのキャラが大活躍する全五編。文庫オリジナル。

畠中恵著

たぶんねこ

大店の跡取り息子たちと、仕事の稼ぎを競うことになった若だんなだが……。一太郎と妖たちの成長がまぶしいシリーズ第12弾。

畠中恵著

すえずえ

若だんなのお嫁さんは誰に？　そんな中、仁吉と佐助はある決断を迫られる。一太郎と妖たちの未来が開ける、シリーズ第13弾。

畠中恵著

なりたい

若だんな、実は◯◯になりたかった!?　変わることを強く願う者たちが巻き起こす五つの騒動を描いた、大人気シリーズ第14弾。

畠中恵著

おおあたり

跡取りとして仕事をしたいのに病で叶わぬ一太郎は、不思議な薬を飲む。仁吉佐助の小僧時代の物語など五話を収録、めでたき第15弾。

畠中恵著

つくも神さん、お茶ください

「しゃばけ」シリーズの生みの親ってどんな人？　デビュー秘話から、意外な趣味のこと、創作の苦労話などなど。貴重な初エッセイ集。

畠中恵
高橋留美子ほか著

しゃばけ漫画
—仁吉の巻—

高橋留美子ら7名の人気漫画家が、「しゃばけ」の世界をコミック化！　若だんなや妖たちに漫画で会える、夢のアンソロジー。

畠中恵
萩尾望都ほか著

しゃばけ漫画
—佐助の巻—

「しゃばけ」が漫画で読める！　萩尾望都ほか豪華漫画家7名が競作、初心者からマニアまで楽しめる、夢のコミック・アンソロジー。

畠中恵著

アコギなのか
リッパなのか
—佐倉聖の事件簿—

政治家事務所に持ち込まれる陳情や難題を解決するは、腕っ節が強く頭が切れる大学生！　「しゃばけ」の著者が贈るユーモア・ミステリ。

畠中恵著

さくら聖・咲く
—佐倉聖の事件簿—

政治の世界とは縁を切り、サラリーマンになる。そう決意した聖だが、就活には悪戦苦闘!?　爽快感溢れる青春ユーモア・ミステリ。

畠中恵著

ちょちょら

江戸留守居役、間野新之介の毎日は大忙し。接待や金策、情報戦……藩のために奮闘する若き侍を描く、花のお江戸の痛快お仕事小説。

畠中恵著

けさくしゃ

命が脅かされても、書くことは止められぬ。それが戯作者の性分なのだ。実在した江戸の流行作家を描いた時代ミステリーの新機軸。

小野不由美著

魔性の子

―十二国記―

孤立する少年の周りで相次ぐ事故は、何かの前ぶれなのか。更なる惨劇の果てに明かされるものとは――「十二国記」への戦慄の序章。

小野不由美著

月の影 影の海（上・下）

―十二国記―

平凡な女子高生の日々は、見知らぬ異界へと連れ去られ一変した。苦難の旅を経て「生」への信念が迸る、シリーズ本編の幕開け。

小野不由美著

風の海 迷宮の岸

―十二国記―

神獣の麒麟が王を選ぶ十二国。幼い戴国《たいこく》の麒麟は、正しい王を玉座に据えることができるのか――『魔性の子』の謎が解き明かされる！

小野不由美著

東の海神 西の滄海

―十二国記―

王とは、民に幸福を約束するもの。しかし雁国に謀反が勃発した――この男こそが「王」と信じた麒麟の決断は過ちだったのか!?

小野不由美著

風の万里 黎明の空（上・下）

―十二国記―

陽子は、慶国の玉座に就きながら役割を果たせず苦悩する。二人の少女もまた、泣いていた。いま、希望に向かい旅立つのだが――。

小野不由美著

丕《ひ》緒《しょ》の鳥

―十二国記―

書下ろし2編を含む12年ぶり待望の短編集！希望を信じ、己の役割を全うする覚悟を決めた名も無き男たちの生き様を描く4編を収録。

上橋菜穂子著

精霊の守り人

野間児童文芸新人賞受賞
産経児童出版文化賞受賞

精霊に卵を産み付けられた皇子チャグム。女用心棒バルサは、体を張って皇子を守る。数多くの受賞歴を誇る、痛快で新しい冒険物語。

上橋菜穂子著

闇の守り人

日本児童文学者協会賞・
路傍の石文学賞受賞

25年ぶりに生まれ故郷に戻った女用心棒バルサを、闇の底で迎えたものとは。壮大なスケールで語られる魂の物語。シリーズ第2弾。

上橋菜穂子著

夢の守り人

路傍の石文学賞・
巌谷小波文芸賞受賞

女用心棒バルサは、人鬼と化したタンダの魂を取り戻そうと命を懸ける。そして今明かされる、大呪術師トロガイの秘められた過去。

上橋菜穂子著

虚空の旅人

新王即位の儀に招かれ、隣国を訪れたチャグムたちを待つ陰謀。漂海民や国政を操る女たちが織り成す壮大なドラマ。シリーズ第4弾。

上橋菜穂子著

神の守り人

（上 来訪編・下 帰還編）
小学館児童出版文化賞受賞

バルサが市場で救った美少女は、〈畏ろしき神〉を招く力を持っていた。彼女は〈神の子〉か？　それとも〈災いの子〉なのか？

上橋菜穂子著

蒼路の旅人

チャグム皇太子は、祖父を救うため、罠と知りつつ大海原へ飛びだしていく。大河物語の結末へと動き始めるシリーズ第6弾。

池波正太郎著
剣客商売①
剣客商売

白髪頭の粋な小男・秋山小兵衛と巌のように逞しい息子・大治郎の名コンビが、剣に命を賭けて江戸の悪事を斬る。シリーズ第一作。

池波正太郎著
剣客商売②
辻斬り

闇の幕が裂け、鋭い太刀風が秋山小兵衛に襲いかかる。正体は何者か？　辻斬りを追跡する表題作など全7編収録のシリーズ第二作。

池波正太郎著
剣客商売③
陽炎の男

隠された三百両をめぐる事件のさなか、男装の武芸者・佐々木三冬に芽ばえた秋山大治郎へのほのかな思い。大好評のシリーズ第三作。

池波正太郎著
剣客商売④
天魔

「秋山先生に勝つために」江戸に帰ってきたとうそぶく魔性の天才剣士と秋山父子との死闘を描く表題作など全8編。シリーズ第四作。

池波正太郎著
剣客商売⑤
白い鬼

若き日の愛弟子を斬り殺された秋山小兵衛が、復讐の念に燃えて異常な殺人鬼の正体を追及する表題作など、大好評シリーズの第五作。

池波正太郎著
剣客商売⑥
新妻

密貿易の一味に監禁された佐々木三冬を秋山大治郎が救い出すと、三冬の父・田沼意次は嫁にもらってくれと頼む。シリーズ第六作。

村上春樹著

世界の終りとハードボイルド・ワンダーランド

谷崎潤一郎賞受賞（上・下）

老博士が〈私〉の意識の核に組み込んだ、ある思考回路。そこに隠された秘密を巡って同時進行する、幻想世界と冒険活劇の二つの物語。

村上春樹著

ねじまき鳥クロニクル

読売文学賞受賞（1〜3）

'84年の世田谷の路地裏から'38年の満州蒙古国境、駅前のクリーニング店から意識の井戸の底まで、探索の年代記は開始される。

村上春樹著

海辺のカフカ（上・下）

田村カフカは15歳の日に家出した。姉と並んだ写真を持って。世界でいちばんタフな少年になるために。ベストセラー、待望の文庫化。

村上春樹著

東京奇譚集

奇譚＝それはありそうにない、でも真実の物語。都会の片隅で人々が迷い込んだ、偶然と驚きにみちた5つの不思議な世界！

村上春樹著

1Q84

—BOOK1〈4月—6月〉前編・後編—

毎日出版文化賞受賞

不思議な月が浮かび、リトル・ピープルが棲《す》む1Q84年の世界……深い謎を孕《はら》みながら、青豆と天吾の壮大な物語《ストーリー》が始まる。

村上春樹著

騎士団長殺し

第1部 顕れるイデア編（上・下）

一枚の絵が秘密の扉を開ける——妻と別離し、小田原の山荘に暮らす孤独な画家の前に顕《あらわ》れた騎士団長とは。村上文学の新たなる結晶！

とるとだす

新潮文庫　は－37－17

令和元年十二月一日発行

著者　畠《はたけ》中《なか》恵《めぐみ》

発行者　佐藤隆信

発行所　株式会社新潮社

郵便番号　一六二―八七一一
東京都新宿区矢来町七一
電話　編集部(〇三)三二六六―五四四〇
　　　読者係(〇三)三二六六―五一一一
https://www.shinchosha.co.jp

価格はカバーに表示してあります。

乱丁・落丁本は、ご面倒ですが小社読者係宛ご送付ください。送料小社負担にてお取替えいたします。

印刷・大日本印刷株式会社　製本・加藤製本株式会社

ISBN978-4-10-146137-3　C0193